KB196228

싯다르타

Siddhartha

011

싯다르타
Siddhartha

헤르만 헤세 지음

박종대 옮김

책세상

차례

싯다르타

1부

친애하고 존경하는 로맹 롤랑에게!

얼마 전 내게 찾아든 정신의 호흡곤란을 갑작스레 느끼고
우리 둘이 국경을 초월한 연대의 필요성에 공감하며
낯선 강변의 양쪽에 서서 손을 맞잡은 1914년 가을 이후,
나는 언젠가 당신에게 내 사랑의 징표와 내 행동의 표본을 보여드리고,
내 사유 세계로 안내하고픈 소망을 품어왔습니다.
이제 시작에 불과하지만 '인도의 시문학' 1부를 바치오니
부디 따뜻하게 받아주시기 바랍니다.

헤르만 헤세

・ 1921년 7월, 헤르만 헤세는 《싯다르타》 제1부를 문예지 《디 노이에 룬트샤우Die
Neue Rundschau》에 실으면서 로맹 롤랑에게 이 책을 헌정했다.

바라문의 아들

바라문[1]의 수려한 아들이자 젊은 매 같은 싯다르타는 집의 그늘
진 곳에서, 나룻배가 묶여 있는 강변의 양지바른 곳에서, 사라수[2]
숲과 무화과나무의 그늘에서 마찬가지로 바라문의 아들이자 친구
인 고빈다와 함께 자랐다. 강에서 멱을 감고 성수로 육신의 죄악을
씻어내고 성스럽게 제사를 올리느라 그의 환한 어깨는 햇볕에 구
릿빛으로 그을렸다. 그런데 망고나무 숲속에서 아이들과 놀거나,
어머니의 노래를 듣거나, 성스러운 제사를 올리거나, 박학다식한
아버지에게서 가르침을 받거나, 현인들이 주고받는 말을 들을 때
그의 까만 눈 속에는 어쩐지 그늘이 깃들어 있었다. 사실 싯다르타
는 일찍부터 현인들의 대화에 동참했을 뿐 아니라 고빈다와 함께
논쟁하고 자기 속으로 가라앉고 고요하게 사물을 바라보는 법을

---

1 인도의 카스트제도에서 가장 높은 계급. 성직자, 학자, 교육자 등의 직업에 종사한다.
2 석가모니가 열반할 때 사방에 한 쌍씩 서 있었다는 나무.

익혔다. 더구나 진언眞言 중의 진언인 '옴'을 소리 내지 않고 말하는 법도 진작 알고 있었다. 숨을 들이쉴 때 소리 없이 '옴'을 품었다가 숨을 내쉴 때 소리 없이 다시 내뱉는 것이다. 오직 한마음으로, 맑게 생각하는 정신의 광채에 둘러싸여서 말이다. 심지어 그는 벌써 마음속 깊은 곳에서 삼라만상과 하나 되는 불멸의 '아트만'[3]을 알아차리기도 했다.

싯다르타의 아버지는 늘 앎에 목말라하는 영특한 아들을 볼 때마다 기쁨을 감추지 못했고, 아들이 커서 위대한 현인이자 사제 혹은 바라문의 제후가 될 거라고 생각했다.

어머니 역시 강하고 아름다운 아들이 늘씬한 다리로 걷거나 앉거나 일어설 때면, 완벽한 범절로 자신에게 인사할 때면 가슴속에서 환희가 벅차올랐다.

바라문의 젊은 처자들도 반짝거리는 이마와 날씬한 허리, 제후의 위엄이 서린 눈을 가진 싯다르타가 거리를 거닐면 가슴속에 사랑을 품었다.

그러나 누구보다 그를 사랑한 사람은 바라문의 형제 고빈다였다. 그는 싯다르타의 눈과 고결한 목소리를 사랑했고, 그의 걸음걸이와 기품 넘치는 몸가짐을 사랑했다. 아니, 싯다르타의 말 한마디한마디와 행동 하나하나를 사랑했다. 그중에서도 특히 사랑한 것은 그의 정신과 불타는 의지, 고매하고 열정적인 생각, 드높은 소명감이었다. 고빈다는 싯다르타가 결코 평범한 바라문이 되지 않을 것임을 잘 알고 있었다. 싯다르타는 부패한 제관이나 술수를 부리

---

3 결코 변하지 않는 가장 내밀하고 초월적인 자아(영혼). 참나 혹은 진아眞我라고도 한다.

는 탐욕스런 상인, 번드르르한 말만 늘어놓는 공허한 변설가, 사악하고 교활한 사제, 혹은 수많은 무리 속의 선량하지만 어리석은 양한 마리도 되지 않을 것이다. 그건 고빈다 자신도 마찬가지였다. 그는 그저 그런 수많은 바라문의 일원이 될 생각이 없었다. 자신이 사랑하는 훌륭한 싯다르타를 따를 생각이었다. 훗날 싯다르타가 신이 되어 광명의 세계에 들어가면 자신은 친구로서, 동반자로서, 종으로서, 호위 무사로서, 그림자로서 그를 뒤따르리라 마음먹었다.

이렇듯 싯다르타는 모두의 사랑을 받았고, 존재 자체가 이미 모든 이의 즐거움이자 기쁨이었다.

그러나 싯다르타 자신은 기쁨을 느끼지 못했고, 스스로에게서 즐거움을 찾지 못했다. 무화과나무 정원의 장밋빛 길을 거닐 때도, 숲속의 푸르스름한 그늘 아래서 마음 수련을 할 때도, 날마다 속죄의 마음으로 몸을 씻을 때도, 그늘이 짙게 드리워진 망고나무 숲에서 신에게 제사를 드릴 때도, 매사에 완벽한 예의범절로 행동할 때도, 모두의 사랑과 모두의 기쁨을 느낄 때도 정작 그의 가슴속에는 기쁨이 없었다. 꿈과 번뇌가 끊임없이 강물처럼 밀려왔고, 밤하늘의 별에서도 쏟아져 내렸으며, 햇빛 속에도 녹아 있었다. 꿈과 번뇌는 멈추지 않았다. 신에게 바치는 공물에서도 피어올랐고, 《리그베다》[4]의 시구에서도 흘러나왔으며, 늙은 바라문의 가르침에서도 방울져 떨어졌다.

싯다르타의 마음속에서 서서히 불만이 싹트기 시작했다. 아버지의 사랑, 어머니의 사랑, 벗 고빈다의 사랑이 자신을 영원히 행복

---

4 고대 인도 바라문교의 가장 오래된 경전으로서 인도 사상과 문학의 원천이다.

하게 해주지도, 진정시키지도, 즐겁게 해주지도, 만족시키지도 못하리라는 느낌이 들었다. 존경하는 아버지와 다른 스승들, 현명한 바라문들이 온갖 지혜를 쏟아부어 목말라하는 싯다르타의 그릇을 채우려 했으나 그릇은 채워지지 않았고, 그의 정신을 만족시키지도, 영혼을 안정시키지도, 마음의 혼란을 잠재우지도 못했다. 정화의 목욕재계는 좋은 일이었지만, 그 역시 그저 물일 뿐 죄악을 씻어주거나, 정신의 갈증을 풀어주거나, 마음의 불안을 해소시키지는 못했다. 신들에게 올리는 제사는 훌륭한 일이었다. 하지만 신들에게 간구한다고 모든 게 해결될까? 신에게 바치는 공물이 행복을 가져다줄까? 그게 신들과 무슨 상관이 있을까? 이 세상을 창조한 존재가 정말 프라자파티일까? 홀로 스스로 존귀한 아트만이 세상의 창조주가 아닐까? 신들도 너나 나와 마찬가지로 시간에 종속되고 덧없이 스러지는 피조물이 아닐까? 그렇다면 신들에게 공물을 올리는 것이 정말 좋고 올바르고 뜻있는 지고의 행위일까? 우리가 공물을 바치고 경배해야 할 존재는 바로 유일자唯一者 아트만이 아닐까? 아트만은 어디서 찾을 수 있고, 어디에 살고 있을까? 그의 영원한 심장은 어디서 뛰고 있을까? 모두의 마음속 깊은 곳에 있는 불멸의 자아가 아니라면 대체 어디란 말인가? 마음속 깊은 곳의 이 참나는 어디에 있을까? 지혜로운 현인들의 가르침에 따르면 그건 살 속이나 뼈 속에 있는 것이 아니고, 생각이나 의식 속에 있는 것도 아니다. 그렇다면 대체 어디에 있을까? 그곳으로, 나에게로, 참나로, 아트만으로 가는 다른 길이 있을까? 열과 성을 다해 찾을 만한 가치가 있는 길일까? 아, 그러나 이 길을 가르쳐주는 이는 없었다. 이 길을 아는 사람도 없었다. 아버지도 스승도 현인도, 공물을 올릴 때

14

부르는 거룩한 노래도 이 길을 알지 못했다! 바라문과 그들의 경전은 모든 것을 알고 있고, 모든 것을 돌본다고 했다. 세상의 창조, 말의 생성, 음식의 기원, 들숨과 날숨의 태동, 감각의 체계, 신들의 행위까지 무한히 많은 것을 알고 있었다. 하지만 일자이자 유일자, 세상에서 홀로 가장 중요한 이 존재를 모른다면 다른 모든 것을 안다고 해도 무슨 소용이 있을까?

물론 경전들, 특히 《사마베다》의 《우파니샤드》에는 이 본래적인 참나에 대해 이야기하는 훌륭한 시구들이 있었다. "너의 마음이 곧 우주이니." 또한 인간은 잠잘 때, 깊은 수면에 빠져 있을 때 마음속 가장 깊은 곳으로 들어가는 문이 열리면서 아트만의 품에 안긴다는 시구도 있었다. 이 시구들에는 경이로운 지혜가 담겨 있었고, 꿀벌이 모은 꿀처럼 순수한 마법의 언어로 현인들의 온갖 지식이 실려 있었다. 그렇다, 현명한 바라문들이 무수한 세대에 걸쳐 모으고 보존해온 이 어마어마한 양의 지식은 결코 무시할 수 없었다. 하지만 이런 깊은 깨달음을 단순히 아는 데 그치지 않고 자신의 삶으로 실천한 바라문이나 사제, 현인, 참회자가 있었던가? 자면서 아트만의 품에 안겼던 경험을 의식 상태로, 실제 삶으로, 일상의 말과 행동으로 멋지게 끄집어낸 선각자가 있었던가? 싯다르타는 존경할 만한 바라문을 많이 알고 있었다. 그중에서도 그의 아버지는 순수하고 박학다식하고 지극히 존경스러운 사람이었다. 아버지를 보고 있으면 경탄이 절로 나왔다. 행동 하나하나가 차분하고 고결했고, 생활방식은 정갈했으며, 말은 지혜로웠고, 생각은 숭고하고 고상했다. 하지만 그런 분이, 그토록 많이 알고 있다는 그분이 과연 지극한 행복 속에서 살고 있을까? 진정한 마음의 평화를 얻었을까?

아버지도 여전히 깨달음을 갈구하는 목마른 자가 아닐까? 그렇지 않고서야 늘 목마른 자처럼 성스러운 샘물을 마시고, 제사를 올리고, 경전을 뒤적이고, 바라문들과 문답을 주고받을 이유가 없지 않을까? 흠잡을 데 없는 분이 왜 날마다 목욕재계로 자신의 죄를 씻어내고, 하루도 거르지 않고 스스로를 정화해야 할까? 아버지 속에 아트만이 존재하지 않고, 마음속에 자아의 원천이 흐르지 않는다는 말일까? 우리는 그 원천을, 우리 속에 있는 그 원천을 찾아 자기 것으로 만들어야 한다! 그 밖의 모든 것은 갈구이자 우회이자 방황에 지나지 않는다.

이것이 싯다르타의 생각이었고, 그의 목마름이자 고뇌였다.

그는 《찬도기야 우파니샤드》 속의 시구를 자주 읊조렸다. "브라흐만[5]이야말로 진정한 진리이니, 이를 아는 자는 나날이 천상의 세계에 가까워지리라." 싯다르타는 이 천상의 세계에 가까워졌다고 느낀 적이 많았지만, 완전히 그 세계에 들어간 적은 한 번도 없었고, 그로써 그 간절한 갈증은 여전히 해소되지 않은 채 남아 있었다. 그가 알고 가르침을 받은 최고의 현인들 중에서도 천상의 세계에 완전히 도달함으로써 그 영원한 갈증을 완전히 해소한 이는 없었다.

"고빈다." 싯다르타가 친구에게 말했다. "사랑하는 고빈다, 보리수나무 밑으로 가서 마음 수련을 하자."

두 사람은 보리수나무 밑에 가서 앉았다. 고빈다는 싯다르타가

---

5 브라흐만은 힌두교에서 우주의 근본 실재이자 원리로서 삼라만상을 창조하고 관장하는 힘이다. 아트만이 진정한 자아를 뜻하는 개별적 인격적 원리라면 브라흐만은 우주적 보편적 원리다. 한자어로는 '梵(범)'이다.

앉은 곳에서 스무 걸음쯤 떨어진 곳에 자리를 잡았다. 싯다르타는 가부좌를 틀고 '옴'을 발성할 준비가 끝나자 시구를 반복해서 되뇌었다.

> "옴은 활이요, 마음은 화살이라.
> 브라흐만은 화살의 과녁이니
> 불굴의 의지로 맞혀야 하느니."

마음 수련이 평소와 다름없이 끝나자 고빈다는 자리에서 일어났다. 저녁이었다. 목욕재계할 시간이었다. 그는 싯다르타를 불렀다. 대답이 없었다. 싯다르타는 자기 속에 푹 빠져 있었다. 두 눈은 어딘지 모를 아득한 목표점을 향해 있었고, 이 사이로 혀끝이 살짝 나와 있었다. 숨은 쉬지 않는 듯했다. 그는 자기 속에 빠져 옴을 생각하며, 마음의 화살을 브라흐만의 과녁에 겨눈 채 미동도 하지 않았다.

언젠가 사문沙門[6]의 무리가 싯다르타가 사는 도시를 지나간 적이 있었다. 떠돌이 고행자들이었다. 살아 있는 게 신기할 만큼 깡마른 세 남자는 늙지도 젊지도 않았다. 어깨는 먼지와 피투성이였고, 벌거벗다시피 한 몸은 햇볕에 거멓게 그을려 있었으며, 얼굴엔 고독이 가득했다. 세상에 이질적이고 적대적인 사람들이었다. 아니, 인간 세상에 불쑥 나타난 이방인이자 깡마른 자칼이었다. 그런 그들

---

6 바라문과 달리, 세상과의 모든 연을 끊은 채 경전에 의지하지 않고 고행이나 참선만으로 해탈에 이르기 위해 곳곳을 떠돌던 수도승 무리. 출가한 불교 승려의 시초라고 할 수 있다.

에게서 고요한 열정의 향기가, 자기 파괴적이고 가차 없는 자기 초탈의 향기가 뿜어져 나왔다.

저녁 명상의 시간이 끝나자 싯다르타가 고빈다에게 말했다.

"나의 벗 고빈다, 내일 새벽 싯다르타는 사문들에게 갈 거야. 싯다르타는 사문이 될 생각이야."

싯다르타의 말을 들은 고빈다는 얼굴이 하얗게 변했다. 친구의 굳은 얼굴에서 시위를 떠난 화살처럼 돌이킬 수 없는 결기를 본 것이다. 곧이어 고빈다는 바로 알아차렸다. '이제 시작되었군. 싯다르타가 자신의 길을 가려는 거야. 이제 그의 운명은 싹트기 시작했고, 그와 함께 내 운명도 싹트기 시작했어.' 고빈다의 얼굴이 말라빠진 바나나 껍질처럼 창백해졌다.

"오, 싯다르타!" 고빈다가 소리쳤다. "자네 아버님께서 허락해주실까?"

싯다르타는 깨달은 자처럼 친구를 바라보았다. 순식간에 고빈다의 마음을 읽었고, 그의 불안을 꿰뚫어 보았으며, 그러면서도 그가 자신을 따라나설 것을 알고 있었다.

"오, 고빈다." 그가 나직이 말했다. "이제 그 말은 그만하기로 해. 내일 동이 트는 대로 나는 사문의 삶을 시작할 거야. 그러니 더 이상은 말하지 말자고."

싯다르타는 아버지의 방으로 들어갔다. 아버지는 인피靭皮로 만든 돗자리에 앉아 있었다. 아들은 아버지의 등 뒤로 돌아가 가만히 섰다. 이윽고 아버지가 누군가 뒤에 있는 것을 느끼고 말했다.

"싯다르타냐? 할 말이 있는가 보구나. 말해보거라."

"아버님의 허락을 받으러 왔습니다. 저는 내일 아버님의 집을 떠나 고행자들의 무리에 들어갈 생각입니다. 사문이 되는 것이 저의 소망입니다. 그러니 부디 제 소망을 꺾지 말아주십시오."

아버지는 말이 없었다. 침묵은 오래 이어졌다. 작은 창문 밖으로 하늘의 별들이 계속 움직여 그 형태가 바뀔 때까지. 아들은 팔짱을 낀 채 미동도 없이 묵묵히 서 있었고, 아버지 역시 손가락 하나 움직이지 않고 말없이 돗자리에 앉아 있었다. 그사이에도 하늘의 별은 계속 이동했다. 마침내 아버지가 입을 열었다. "격하고 성난 말은 바라문에게 어울리지 않아 입 밖으로 내놓을 수 없지만, 내 마음에 화가 솟구치는 것은 어쩔 수 없구나. 그 같은 청은 두 번 다시 듣고 싶지 않으니 그리 알거라." 아버지는 천천히 몸을 일으켰다. 그런데도 싯다르타는 아무 말 없이 팔짱을 낀 채 그대로 서 있었다.

"무엇을 기다리느냐?" 아버지가 물었다.

"아버님께서는 알고 계십니다."

아버지는 언짢은 마음으로 방을 나와 언짢은 마음으로 잠자리에 들었다.

한 시간이 지나도 잠이 오지 않자 아버지는 침상에서 일어나 이리저리 서성이다가 마침내 밖으로 나왔다. 작은 창문으로 방안을 들여다보니 싯다르타는 여전히 팔짱을 낀 채 꼼짝 않고 서 있었다. 아들의 환한 겉옷이 창백하게 어른거렸다. 아버지는 불안한 마음으로 다시 침실에 들었다.

또 한 시간 뒤에도 두 눈에 잠이 찾아오지 않자 아버지는 다시 일어나 이리저리 서성이다가 밖으로 나가 밤하늘에 뜬 달을 쳐다보았다. 방의 창문으로 들여다보니 싯다르타는 여전히 팔짱을 낀 채 미동도 없었다. 아들의 맨 정강이가 달빛에 어른거렸다. 아버지는 걱정스런 마음으로 다시 침실에 들었다.

　한 시간 뒤에 나가보아도, 두 시간 뒤에 다시 나가보아도 작은 창문으로 보이는 아들의 모습은 똑같았다. 싯다르타는 달빛과 별빛 속에 희미하게 서 있었다. 그렇게 한 시간마다 계속 나가 묵묵히 방 안을 살펴보았지만 아들의 태도는 변함이 없었다. 아버지의 마음은 분노와 불안, 두려움, 고통으로 가득 찼다.

　동이 트기 직전 밤의 마지막 시간에 아버지는 밖으로 나가 방안에 들어갔다. 예전보다 한층 더 커 보이고 낯설게 느껴지는 젊은이가 굳건히 서 있었다.

　"싯다르타." 아버지가 말했다. "무엇을 기다리느냐?"

　"아버님은 알고 계십니다."

　"날이 밝고 정오가 찾아오고 저녁이 돼도 그렇게 서서 기다릴 셈이냐?"

　"서서 기다리겠습니다."

　"지쳐 쓰러질 것이다, 싯다르타."

　"지쳐 쓰러지겠습니다."

　"잠들 것이다, 싯다르타."

　"잠들지 않겠습니다."

　"죽을 것이다, 싯다르타."

　"죽겠습니다."

　"아버님의 말을 따르기보다 차라리 죽음을 택하겠다는 것이냐?"

　"싯다르타는 언제나 아버님의 말씀을 따랐습니다."

　"그러면 너의 뜻을 접겠느냐?"

"싯다르타는 아버님이 말씀하시는 대로 할 것입니다."

아침 첫 햇살이 방안을 비추었다. 아버지는 싯다르타의 무릎이 파르르 떨리는 것을 보았다. 그러나 아들의 얼굴은 아무 떨림이 없었다. 그의 두 눈은 먼 곳을 응시하고 있었다. 그제야 아버지는 싯다르타가 벌써 자기 곁에 없음을, 여기 고향에 없음을, 자신을 버렸음을 알아차렸다.

아버지는 싯다르타의 어깨에 손을 올리며 말했다.

"숲속으로 가 사문이 되어도 좋다. 거기서 지극한 행복을 찾거든 내 곁에 돌아와 그 행복을 가르쳐다오. 다만 실망하게 되면 언제든 돌아와 나와 함께 신들께 제사를 올리자꾸나. 이제 어머니한테 가서 인사를 드리고 네가 가려는 곳을 말씀드려라. 나는 이제 강가로 가야겠다. 아침 목욕재계를 할 시간이다."

아버지는 아들의 어깨에서 손을 내리고는 밖으로 나갔다. 싯다르타는 걸음을 내디디려는 순간 옆으로 휘청했다. 이어 정신을 모아 몸을 바로세우며 아버지에게 절을 올린 뒤 아버지가 말씀하신 대로 어머니께 인사를 드리러 갔다.

싯다르타가 아침 첫 햇살을 받으며 뻣뻣한 다리로 아직 조용한 도시를 느릿느릿 떠나갈 때 길 끝의 마지막 오두막에서 웅크리고 있던 그림자 하나가 불쑥 튀어나와 이 출가자와 합류했다. 고빈다였다.

"왔군!" 싯다르타가 미소를 지으며 말했다.

"당연히 와야지." 고빈다가 말했다.

사문들 곁에서

그날 저녁, 싯다르타와 고빈다는 고행자 무리를 따라잡았다. 깡마른 사문들이었다. 두 사람은 그들에게 동행을 요청하며 순종의 뜻을 내비쳤고, 사문들은 두 사람을 흔쾌히 받아들였다.

싯다르타는 길에서 만난 한 가난한 바라문에게 겉옷을 벗어주었다. 이제는 아랫도리만 가린 속옷에다 바느질하지 않은 흙빛 천만 어깨에 걸쳤다. 식사는 하루에 한 번만 했고, 불에 조리한 음식은 입에 대지 않았다. 그는 보름 동안 단식했고, 또 이십팔 일 동안 곡기를 끊었다. 허벅지와 뺨에 살이 빠졌다. 그만큼 더 커 보이는 두 눈에서는 뜨거운 꿈이 이글거렸고, 앙상한 손가락에서는 손톱이 길게 자랐으며, 턱에는 메마른 수염이 덥수룩했다. 여자들을 마주칠 때의 시선은 차가웠고, 도시를 지나가면서 사치스럽게 차려입은 사람들을 볼 때면 경멸로 입이 일그러졌다. 그는 곳곳을 돌아다니며 많은 것을 보았다. 물건을 파는 장사치들, 사냥에 나선 제후들, 망자를 애도하는 사람들, 몸을 파는 여자들, 병자를 돌보는 의사들, 파종 날짜를 정하는 사제들, 사랑을 나누는 연인들, 아이에게 젖을 물린 어머니들…. 이 모든 것은 눈길 한 번 줄 만한 가치가 없는 것들이었다. 모든 것이 거짓이었고, 모든 것에서 거짓의 악취가 났다. 모든 것이 의미와 행복, 아름다움을 속여 팔았고, 부패를 감추고 있었다. 세상의 맛은 썼다. 삶은 고통이었다.

싯다르타에게는 오직 한 가지 목표밖에 없었다. 비우는 것이었다. 갈증과 소망을 비우고, 꿈과 기쁨, 고통까지 비우는 것이었다. 나를 죽이고, 더는 내가 아니고, 마음을 비워 안식을 찾고, 나에게서 벗어난 사유 속에서 기적의 문을 여는 것이 목표였다. 일체의 자아가 극복되고 소멸될 때, 모든 욕망과 충동이 마음속에서 사라질 때 비로소 궁극의 것과 함께 더는 내가 아닌 참된 본질, 위대한 비밀이 깨어날 것이다.

싯다르타는 수직으로 내리쬐는 뜨거운 햇볕 아래 서 있었다. 고통과 갈증이 용광로처럼 타오르는데도 묵묵히 서 있었다. 어떤 고통도 갈증도 더는 느껴지지 않을 때까지. 이 고행자는 우기에도 묵묵히 비를 맞고 서 있었다. 빗물이 머리카락에서 얼어붙은 어깨를 타고 허리와 다리 위로 흘러내리는데도 비를 맞았다. 어깨와 다리가 더는 추위로 떨지 않고, 침묵하고 잠잠해질 때까지. 또한 그는 가시덤불로 들어가 가부좌를 틀고 말없이 앉아 있기도 했다. 화끈거리는 살갗에서는 피가 뚝뚝 떨어졌고, 곪은 상처에서는 고름이 흘러내렸다. 그런데도 꼼짝하지 않고 앉아 있었다. 더는 피가 흐르지 않고, 더는 아무것도 찌르지 않고, 더는 화끈거리는 고통이 없을 때까지.

싯다르타는 꼿꼿이 앉아 길게 호흡하는 법을 익혔다. 옅은 숨으로 천천히 호흡했고, 어떤 때는 아예 호흡을 멈추기도 했다. 그는 이런 호흡법으로 시작해서 심장 박동을 진정시키는 법도 익혔다. 심장 박동 수를 차츰 줄여가다가 마지막엔 심장을 별로, 아니 거의 뛰지 않는 상태로 만들었다.

싯다르타는 최고 연장자 사문 밑에서 새로운 사문 규범에 따라 자신에게서 벗어나는 법과 무언가에 깊이 집중하는 법을 연습했다. 왜가리 한 마리가 대나무 숲 위로 날아가면 싯다르타는 왜가리를 마음으로 오롯이 받아들인 뒤 스스로 왜가리가 되어 숲과 산 위를 날았고, 물고기를 잡아먹었으며, 왜가리의 굶주림을 느끼고, 왜가리 소리로 울고, 왜가리의 죽음을 겪었다. 자칼이 모래톱에 죽어 쓰러져 있으면 싯다르타의 영혼은 그 시체 속으로 들어가 죽은 자칼이 되어 모래톱에 누웠고, 부풀어 오르면서 악취를 풍기며 썩어갔다. 그러다 하이에나에게 갈가리 찢기고, 독수리에게 껍질이 벗겨져 급기야 뼈다귀만 남은 채 먼지가 되어 들판에 흩날렸다. 그러면 싯다르타의 영혼은 돌아왔다. 이미 한 번 죽고, 썩고, 먼지가 되어 윤회의 슬픈 도취를 맛본 그의 영혼은 이제 새로운 갈증 속에서 윤회의 수레바퀴에서 벗어날 틈을, 인과의 고리를 끊어버릴 틈을, 고통 없는 영겁이 시작될 틈을 사냥꾼처럼 기다렸다. 그는 자신의 감각을 죽였고, 자신의 기억을 죽였으며, 자기 자신에게서 빠져나와 수천 가지의 낯선 형상 속으로 미끄러져 들어갔다. 이렇게 해서 짐승이 되었고, 부패한 시체가 되었고, 돌이 되었고, 나무가 되었고, 물이 되었다. 그러다 깨어나면 매번 자기 자신이었다. 해나 달이 떠 있는 것만 다를 뿐 언제나 그 자신이었다. 윤회의 사슬에서 한

치도 벗어나지 못한 채 다시 갈증을 느꼈고, 그것을 채우면 또 다른 갈증이 밀려왔다.

싯다르타는 사문들과 함께 지내며 많은 것을 배웠고, 자신에게서 벗어나는 여러 방법을 익혀나갔다. 일단 고통을 통해, 그러니까 자발적으로 육신에 고통과 굶주림, 목마름, 고단함을 가하고, 그것을 견뎌내고 극복함으로써 나에게서 벗어나고자 했다. 또한 명상을 통해서나 온갖 망상을 비움으로써 나에게서 벗어나는 길도 시도해보았다. 그 밖에 다른 길은 많았다. 그는 수없이 나를 떠나 몇 시간씩 혹은 며칠씩 내가 아닌 상태로 머물렀다. 그러나 그 길들 역시 나에게서 잠시 벗어나게 해주기는 했으나, 결국엔 다시 나에게로 돌아왔다. 수천 번 나에게서 도망쳐 무無의 세계에 들어가거나 짐승이나 돌 속에 머물러보아도 내게로 돌아오는 일은 피할 수 없었다. 돌아와 보면 늘 햇빛이나 달빛 속이었고, 그늘이나 빗속이었다. 다시 나였고, 다시 싯다르타였다. 그는 자신에게 부과된 윤회의 고통에서 한 치도 벗어나지 못하고 있음을 느꼈다.

싯다르타 옆에는 늘 그림자처럼 따라다니는 고빈다가 있었다. 그는 싯다르타와 같은 길을 걷고 같은 수행을 했다. 두 사람은 맡겨진 일과 수행에 필요한 말 외에는 거의 대화를 나누지 않았다. 그들은 가끔 사문 무리의 양식을 구하기 위해 마을로 탁발을 나갔다.

"자네 생각은 어때, 고빈다?" 언젠가 탁발을 나가던 길에 싯다르타가 물었다. "우리가 많은 진전을 이루었다고 생각해? 우리가 목표에 도달했을까?"

고빈다가 대답했다. "우리는 지금껏 계속 배웠고, 앞으로도 계속 배워나갈 거야. 자네는 위대한 사문이 될 거야, 싯다르타. 어떤 수련이든 얼마나 빨리 익히는지 연로한 사문들조차 혀를 내둘러. 자네는 장차 성자가 될 거야, 싯다르타."

싯다르타가 말했다. "친구, 나는 그렇게 생각하지 않아. 내가 이날까지 사문에게 배운 건, 그래, 고빈다, 어쩌면 다른 곳에서 더 빨리 더 쉽게 배울 수 있었을지도 몰라. 사창가 술집이나, 아니면 마부나 노름꾼한테서도 배울 수 있는 것들이니까."

"싯다르타가 지금 나를 놀리고 있군. 그렇지 않고서야, 마음 수련법과 호흡법, 굶주림과 고통을 이겨내는 방법을 어떻게 그런 불쌍한 사람들에게서 배울 수 있다는 거지?"

싯다르타는 마치 혼잣말을 하듯 나직이 속삭였다. "마음 수련이라는 게 대체 뭐지? 육신을 떠난다는 건? 단식은? 호흡을 멈추는건? 그건 내게서 도망치는 거야. 나의 고통에서 잠시 벗어나 삶의 고통과 무의미함을 잠시 잊는 거야. 그런 식의 도주나 잠깐의 망각 상태는 여관에 묵는 소몰이꾼도 얼마든지 얻을 수 있어. 탁주나 발효된 코코넛밀크를 몇 사발 들이키면 말이야. 그러면 더 이상 나를 나로 느끼지 못하고, 삶의 고통을 잊고 일시적인 마비 상태에 빠져. 고작 탁주 몇 사발에, 싯다르타와 고빈다가 오랜 수련 끝에 육신에서 벗어나 머무는 비아非我 상태에 빠지는 거지. 사실이 그래, 고빈다."

"친구, 자네도 말은 그렇게 하지만 알고 있어. 싯다르타는 소몰이꾼이 아니고, 사문은 술주정뱅이랑 달라. 물론 술꾼도 마비 상태에 빠지고 잠시 도피하고 안식을 얻을지 모르지만, 취기에서 깨어나면 늘 이전 상태로 돌아가. 이전보다 더 지혜로워지지도 않았고, 깨달음을 얻지도 않았고, 몇 단계 더 올라가지도 않았다는 말이지."

싯다르타는 미소를 지으며 말했다. "나는 잘 모르겠어. 술을 마셔본 적이 없으니까. 다만 나 싯다르타는 여러 수련과 마음 수양을 하면서 일시적인 마비 상태만 경험했을 뿐, 어머니 자궁 속의 아이처럼 지혜나 해탈로부터 멀리 떨어져 있다는 사실은 알고 있어. 오, 고빈다, 난 그걸 분명히 깨달았어."

또 다른 어느 날이었다. 고빈다와 함께 숲을 떠나 사문들의 양식을 구하러 마을로 탁발을 나갔을 때 싯다르타가 말했다. "어떻게 생각해, 고빈다? 우리가 지금 올바른 길을 가고 있을까? 우리가 정말 깨달음으로 나아가고 있을까? 우리가 해탈에 가까워지고 있을까? 아니면, 머리로만 윤회의 수레바퀴에서 벗어나 있다고 여길 뿐 여전히 제자리를 맴돌고 있는 건 아닐까?"

"우리는 많은 것을 배웠어, 싯다르타. 앞으로 배워야 할 것은 더 많고. 우리는 제자리를 맴도는 게 아니라 꾸준히 올라가는 중이야. 우리가 가는 길은 나선형이야. 우린 벌써 여러 단계를 올라왔다고!"

싯다르타가 대꾸했다. "우리의 가장 연로한 사문, 존경하는 스승의 연세는 얼마쯤 됐을 것 같은가?"

"아마 예순 살쯤 되셨을걸."

"그분은 나이가 예순인데도 아직 열반에 들지 못했어. 그렇게 일흔이 되고 여든이 되겠지. 자네와 나도 그만큼 나이들 때까지 계속 수련하고, 단식하고, 명상할 거야. 하지만 우린 결코 열반에 들지 못해. 스승도 그렇고 우리도 그렇고. 오, 고빈다, 나는 이 세상 모든 사문 가운데 어쩌면 단 한 사람도 열반에 들지 못할 거라고 생각해.

잠시 안식을 얻고 마비 상태에 빠질 수는 있겠지. 하지만 모두 스스로를 속이는 기술이야. 우리는 정말 본질적인 것, 길 중의 길은 찾지 못할 거야."

"싯다르타, 제발 그런 무서운 소리는 하지 마! 어째서 저 많은 학자들, 저 많은 바라문들, 저 많은 치열하고 존경스런 사문들, 저 많은 구도자들, 저 많은 수행자들, 저 많은 성스러운 사람들 가운데 누구도 길 중의 길을 찾지 못할 거라는 거야?"

싯다르타는 냉소만큼이나 슬픔이 묻어나는 목소리로, 그러니까 약간 슬프면서도 약간 비웃는 목소리로 나직이 말했다. "고빈다, 자네 친구는 곧 자네와 함께 오랫동안 걸어온 사문의 길을 떠나려고 해. 나는 갈증에 시달리고 있어. 이 기나긴 사문의 길 위에서 나의 갈증은 조금도 줄지 않았어. 나는 항상 깨달음에 목말라했고, 항상 질문이 가득했지. 그래서 해마다 바라문들에게 질문을 던졌고, 해마다 성스러운 베다 경전을 뒤적이며 의문을 풀려고 했으며, 해마다 경건한 사문들에게 물어보았어. 그런데 고빈다, 아마 코뿔소나 침팬지에게 물어봤어도 지금 이 정도는 됐을 거야. 이만큼은 똑똑해지고 이만큼은 얻었을 거라고. 고빈다, 나는 그토록 많은 시간을 들였지만 아직도 답을 찾지 못했어. 다만 '인간은 배워서는 아무것도 깨달을 수 없다'는 사실만 알게 됐지! 사실 이 세상에는 '배움'이라고 할 만한 것은 없다고 생각해. 오직 하나의 깨달음만 존재할 뿐이야. 그건 도처에 있어. 바로 아트만이지. 이건 내 안에도 있고, 자네 안에도 있어. 모든 존재 안에 있지. 아트만을 깨닫는 데 가장 큰 적은 그것을 배워서 알려고 하는 마음이라는 생각이 들어."

순간 고빈다는 걸음을 멈추더니 두 손을 들어올리며 말했다. "싯다르타, 제발 그런 말로 친구를 불안하게 만들지 마! 정말이지 자네 말은 내 마음속의 불안을 자꾸 일깨워. 생각해봐. 자네 말대로 배워서 깨달을 수 있는 것이 없다면 기도의 성스러움은 무엇이고, 바라문 계급의 존귀함은 무엇이고, 사문의 거룩함은 또 무엇이겠어? 자네처럼 생각한다면 이 세상에서 신성하고 가치 있고 존귀한 것은 다 어찌되겠냐고!?"

고빈다는《우파니샤드》의 한 시구를 읊조렸다.

  "깊은 생각에 잠겨, 정화된 정신으로
  아트만 속으로 침잠하는 자,
  말로는 표현할 수 없는
  크나큰 행복을 얻을지니!"

그러나 싯다르타는 말이 없었다. 고빈다의 말을 생각하는 중이었다. 그 말의 궁극적인 의미를.

그는 고개를 숙인 채 걸음을 멈추고 생각에 잠겼다. '그래, 우리가 신성하게 여기는 것들 가운데 여전히 신성하게 남을 것은 무엇일까? 무엇이 남을까? 무엇이 신성한 것으로 남을까?' 그는 고개를 저었다.

이 두 젊은이가 사문들 곁에 머물며 수행한 지 어느덧 삼 년가량이 흘렀을 때 직간접적인 여러 경로로 한 가지 소식이 전해져왔다. 바람처럼 떠도는 소문이었는데, 자기 안에서 세상의 고품를 극복하고 윤회의 수레바퀴를 멈추게 한 붓다, 즉 진리를 깨달은 성인이 나타났다는 것이다. 고타마[7]라는 이 인물은 제자들을 거느리고 각지

Siddhartha

29

를 돌아다니며 가르침을 베푼다고 했다. 가진 것도 거처도 여자도 없이 고행자의 누런 가사만 걸치고 있다고 하는데, 이마가 빛나는 이 성자가 도착하면 바라문과 제후들이 절을 올리고 가르침을 청한다고 했다.

이 전설 같은 이야기는 마치 향기처럼 곳곳으로 퍼져나갔다. 급기야 도시의 바라문과 숲속의 사문들도 이 이야기를 입에 올렸다. 그리하여 두 젊은이의 귀에도 고타마 또는 붓다라는 이름이 반복해서 들려왔다. 좋은 뜻으로건 나쁜 뜻으로건, 칭송의 말로건 비방의 말로건.

만일 어떤 나라에 흑사병이 창궐했을 때, 어떤 도통한 현자가 나타나 말 한마디와 입김 한 번으로 전염병에 감염된 사람들을 치유하면 그 소문은 곧 방방곡곡으로 퍼지면서 다들 그 인물에 대해 이야기하게 되고, 혹자는 그 말을 믿거나 혹자는 의심하지만 결국 많은 사람이 자신들을 구원해줄 그 현자를 찾으러 길을 나서기 마련이다. 그와 마찬가지로 석가족 출신의 현자인 붓다 고타마라는 인물에 대한 소문도 향기를 품은 전설처럼 온 나라로 퍼져나갔다. 신봉자들에 따르면 붓다는 이미 궁극의 깨달음을 얻었을 뿐 아니라 자신의 전생을 기억하고 열반의 경지에 들어 두 번 다시 윤회의 수레바퀴에 속박되지도, 현상계의 탁류에 빠져들지도 않는다고 했다. 또한 기적을 행하고 악마를 물리치고 신들과 대화를 나눈다는 등 다른 많은 놀랍고 믿기 어려운 소문도 무수히 떠돌았다. 하지만 그를 믿지 않는 사람이나 그의 적대자들은 고타마라는 자가 안락

---

7 석가모니 붓다의 본명은 고타마 싯다르타로, 고타마는 성이고 싯다르타는 이름이다. 이 작품에서는 고타마와 싯다르타를 두 사람으로 분리하고 있다.

한 생활이나 일삼고 제사를 등한시하고 학식도 없고 수행과 금욕도 모르는 허황한 사기꾼일 뿐이라고 말했다.

붓다에 관한 소문은 달콤했고, 그 이야기들에서는 사람을 빠져들게 하는 마법의 향기가 났다. 병든 세상과 견디기 어려운 삶 속에서 이 소문은 한줄기 희망의 샘물 같았고, 위안과 따뜻함, 고결한 약속을 가득 담은 천상의 소리처럼 들렸다. 붓다에 관한 소문이 울려 퍼지는 인도 곳곳에서 젊은이들은 귀를 쫑긋 세웠고, 동경과 희망을 품었으며, 석가모니 붓다의 소식을 가져오는 순례자나 이방인은 도시건 시골이건 바라문의 아들들에게 환대를 받았다.

붓다의 소문은 마치 느릿느릿 떨어지는 물방울처럼 숲속 사문들과 싯다르타, 고빈다의 귀에도 들어갔고, 이 모든 물방울에는 희망과 의심이 함께 담겨 있었다. 하지만 이런 소문을 입에 올리는 일은 별로 없었다. 사문의 최고령 장로가 그 소문을 달가워하지 않았기 때문이다. 장로는 붓다라는 인물이 이전에 숲속에서 고행 생활을 하다가 속세의 안락과 쾌락으로 돌아갔다는 이야기를 듣고 고타마라는 인물을 하찮게 여겼다.

"싯다르타." 한번은 고빈다가 친구에게 말했다. "오늘 마을에 다녀왔어. 어느 바라문한테 자기 집으로 와달라고 초대를 받았거든. 그 집엔 마가다 왕국에서 온 바라문의 아들이 하나 있었는데, 자기 눈으로 붓다를 직접 보고 설법까지 들었다고 하더군. 순간 난 정말 숨이 턱 막혀 가슴이 터지는 줄 알았어. 그러면서 이런 생각이 들더군. 나와 자네, 우리 둘도 그 현자의 입에서 나오는 설법을 직접 들으면 얼마나 좋을까, 하고 말이야! 어때, 친구, 우리도 그리로 가서 붓다의 설법을 직접 들어보지 않겠나?"

싯다르타가 말했다. "오, 고빈다, 나는 내 친구 고빈다가 언제까지나 사문에 머물며, 예순 살, 일흔 살이 되어도 사문에 어울리는 수련과 기예만 익힐 거라고 생각했는데, 내가 고빈다를 너무 모르고 있었나 보군. 자네의 진심이 그런지는 잘 몰랐어. 그러니까 내 소중한 벗이 지금까지의 길을 바꾸어, 붓다의 가르침을 받으러 가겠다는 거 아닌가!"

"싯다르타, 자네는 사람을 놀리는 재주가 있군. 그래, 마음껏 놀려봐! 하지만 자네 마음속에도 붓다의 가르침을 듣고 싶은 욕구가 있지 않나? 예전에 자네 입으로 그러지 않았나? 이 사문에 그리 오래 머물지 않을 거라고!"

싯다르타가 웃었다. 슬픔과 냉소가 섞인 그만의 독특한 웃음이었다. "그래, 고빈다, 잘 말해주었어. 자네 기억이 맞아. 그렇다면 나한테서 들은 다른 말도 기억하고 있겠지? 내가 가르침과 배움을 불신하고, 그런 것에 지쳤다고 했던 거 말이야. 스승들의 말에 대한 믿음이 많이 떨어졌지. 그럼에도 붓다라는 분의 가르침은 들어볼 용의가 있어. 그의 설법 가운데 최고의 열매를 이미 맛보았다고 생각하지만."

"자네가 그럴 생각이 있다니 정말 기쁘군. 그런데 그게 무슨 소린가? 우린 아직 고타마의 설법을 듣지도 않았는데, 어떻게 설법 가운데 최고의 열매를 맛보았다는 건가?"

싯다르타가 말했다. "지금은 일단 이 열매를 즐기고, 다음 일은 기다려보자고! 우리가 고타마에게서 받은 열매는 바로, 그분이 우리에게 사문들 곁을 떠나게 하는 마음을 불러일으켰다는 거지! 그분이 우리에게 어떤 더 나은 것을 줄지는 조용히 기다려보기로 해."

바로 그날, 싯다르타는 사문의 최고령 장로를 찾아가 그곳을 떠나겠다는 뜻을 알렸다. 젊은 제자로서 갖추어야 할 공손함과 겸손함을 갖춰서 말이다. 그러나 장로는 자신을 떠나려는 두 젊은이에게 분노해서 소리를 지르고 험악한 욕을 해댔다.

고빈다가 깜짝 놀라며 당혹스러워하자 싯다르타는 고빈다의 귀에 대고 나직이 속삭였다. "잘 봐. 이제 내가 저 늙은이한테서 배운 것을 써먹어볼 테니."

싯다르타는 장로 앞에 우뚝 버티고 서더니 정신을 집중해서 자신의 시선으로 늙은 사문의 시선을 옭아맸고, 마법을 걸어 꼼짝달싹 못하게 했으며, 입을 다물게 했고, 장로의 의지를 무너뜨려 자신의 의지에 굴복시켰고, 그런 다음 자신이 요구하는 대로 순순히 따르라고 명령했다. 늙은 사문은 갑자기 입을 닫았고, 두 눈은 초점을 잃었으며, 의지는 마비되고 두 팔은 축 늘어졌다. 싯다르타의 마법에 완전히 제압당한 것이다. 싯다르타의 의지에 눌린 장로는 이제 싯다르타가 명령한 대로 따를 수밖에 없었다. 늙은 사문은 여러 번 허리를 숙였고, 축복의 몸짓을 했으며, 떠나는 두 사람에게 더듬더듬 행운을 빌어주었다. 두 젊은이도 감사의 뜻으로 절을 하고 행운을 기원하고 작별 인사를 올린 후 그곳을 떠났다.

길을 가던 중에 고빈다가 말했다. "오, 싯다르타, 자네는 내가 짐작하는 것 이상으로 사문들에게 많이 배웠군. 늙은 장로에게 마법을 거는 건 어려운 일인데. 정말이지 자네는 사문에 계속 머물렀다면 아마 얼마 안 가 물 위를 걷는 법도 배웠을 거야."

"나는 물 위를 걷고 싶은 마음이 없어." 싯다르타가 말했다. "늙은 사문들이나 그따위 기예에 만족하며 살라지."

고타마

사위성舍衞城에서는 아이들까지 세존世尊 붓다의 이름을 모르는 사람이 없었고, 고타마의 제자들이 말없이 탁발을 다니면 어느 집 할 것 없이 흔쾌히 발우를 가득 채워주었다. 이 도시 근처에 고타마가 가장 즐겨 머무는 곳이 있었다. 기원정사라고 불리는 이 승원僧園은 세존을 열렬히 숭배하는 아나타핀디카라는 부유한 상인이 세존과 그 제자들에게 헌사한 곳이었다.

두 젊은 고행자가 길을 떠나 고타마의 거처를 물을 때마다 돌아온 대답은 항상 사위성을 가리키고 있었다. 마침내 사위성에 도착하자 마을 첫 집을 찾아가 탁발을 했고, 곧바로 음식을 얻었다. 싯다르타는 시주한 부인에게 물었다.

"자비로운 부인이시여, 저희는 세존 붓다가 어디에 계시는지 알고 싶습니다. 저희 둘은 숲에서 온 사문인데, 완벽하신 그분을 직접 찾아뵙고 가르침을 듣고자 여기까지 왔습니다."

부인이 말했다. "그렇다면 제대로 찾아오셨습니다, 숲에서 온 사문들이여. 세존께서는 아나타핀디카의 장원인 기원정사에 머물고 계십니다. 그대 순례자들은 거기서 밤을 보내실 수 있습니다. 그곳에는 세존의 가르침을 듣고자 찾아온 수많은 사람들이 묵을 충분한 공간이 있습니다."

고빈다가 기쁨으로 가득 찬 목소리로 소리쳤다. "고맙습니다, 정말 고맙습니다. 이제 우리는 목적지에 이르렀고, 여정도 끝났습니다! 순례자의 어머니여, 말씀해주세요. 붓다라는 그분을 아십니까? 혹시 그분을 직접 보신 적이 있습니까?"

부인이 대답했다. "저는 세존을 여러 번 뵈었지요. 황색 가사를 걸치고 말없이 골목길을 걸어가시는 모습, 아무 집 앞에서 묵묵히 발우를 내미시는 모습, 음식이 채워진 발우를 들고 떠나시는 모습을 여러 날 보았지요."

고빈다는 황홀한 표정으로 부인의 말에 귀를 기울였다. 묻고 싶은 것도 듣고 싶은 것도 많았지만, 싯다르타가 길을 재촉했다. 두 사람은 감사의 인사를 전하고 길을 떠났다. 이제는 굳이 길을 물어볼 필요가 없었다. 적지 않은 수의 순례자와 고타마 공동체의 승려들까지 기원정사로 향하고 있었기 때문이다. 그들은 밤에 도착했는데, 그 뒤로도 새로운 사람의 도착은 이어졌고, 잠자리를 청하거나 배정받는 사람들의 말소리는 끊이지 않았다. 숲속 생활에 익숙한 두 사문은 야단스럽지 않게 적당한 거처를 찾아 아침까지 쉬었다.

이튿날 해가 떴을 때 두 사람은 엄청나게 많은 사람이 이곳에서 밤을 보낸 것을 알고 깜짝 놀랐다. 그중에는 신자도 있었고, 호기심에 이끌려 찾아온 사람도 있었다. 작고 아름다운 승원의 숲길마다 황색 가사를 입은 승려들이 걸어가고 있었고, 여기저기 나무 아래에서는 명상에 잠겨 있거나 영적인 대화를 나누는 이들도 있었다. 녹음이 우거진 승원은 사람들이 마치 수많은 벌처럼 우글거리는 하나의 작은 도시 같았다. 대다수 승려는 하루에 딱 한 번 먹는 점심 끼니를 위해 발우를 들고 도시로 갔다. 심지어 깨달은 자인 붓다 자신도 아침이면 몸소 탁발에 나섰다.

싯다르타는 붓다를 보았다. 마치 신이 가르쳐준 것처럼 그를 바로 알아보았다. 황색 가사를 입은 한 소박한 남자가 발우를 들고 조용히 걸어가고 있었다. 특별해 보이는 점은 하나도 없었다.

"저기 좀 봐!" 싯다르타가 고빈다에게 나직이 말했다. "저분이 붓다야."

고빈다는 황색 가사를 걸친 승려를 주의 깊게 바라보았다. 다른 수백 명의 승려와 전혀 구분되지 않았다. 그럼에도 고빈다 역시 금방 세존을 알아보았다. 두 친구는 이 승려의 뒤를 따르며 유심히 관찰했다.

붓다는 겸손한 자세로 생각에 잠겨 걸었다. 고요한 얼굴은 기뻐하는 것도 슬퍼하는 것도 아니었고, 그저 내면을 향해 살며시 미소 짓고 있는 듯했다. 붓다는 보일 듯 말 듯한 미소를 지으며 조용하고 차분하게 걸었다. 해맑은 아이의 걸음걸이와도 비슷한 면이 없지 않았다. 그는 가사를 걸친 채 다른 승려들과 똑같이 엄격한 계율에 따라 걸음을 옮겼다. 그러나 얼굴과 발걸음, 조용히 내리깐 시선, 가만히 늘어뜨린 손, 그런 손끝의 손가락 하나하나에도 평온함과 완전함이 깃들어 있었다. 뭔가 구하는 것도 없어 보였고,

뭔가 흉내를 내는 것 같지도 않았다. 다만 시들지 않는 안식과 스러지지 않는 빛, 감히 넘볼 수 없는 평화 속에서 부드럽게 호흡하고 있었다.

이런 모습으로 고타마는 탁발을 하러 도시로 향했고, 두 사문은 완벽하게 평온한 모습과 지극히 고요한 자태만으로도 그가 세존임을 알아보았다. 그의 자태에는 무언가 찾는 것도, 무언가 욕망하는 것도, 무언가 흉내내는 것도, 무언가 노력하는 것도 없었다. 그 속엔 오직 빛과 평화뿐이었다.

"드디어 오늘 저분의 가르침을 듣게 되겠군." 고빈다가 말했다.

싯다르타는 아무 대답이 없었다. 사실 가르침에는 별 흥미가 없었다. 가르침으로 무언가 새로운 것을 알게 되리라고는 생각하지 않았다. 게다가 붓다의 설법 내용은 고빈다와 마찬가지로 싯다르타도 벌써 여러 번 들어서 알고 있었다. 비록 두세 사람 건너 들은 것이기는 하지만 말이다. 싯다르타가 유심히 살펴본 것은 고타마의 얼굴과 어깨, 발, 그리고 조용히 늘어뜨린 손이었다. 그의 손가락 마디마디가 가르침 그 자체인 것 같았고, 진리를 말하고, 진리를 호흡하고, 진리의 향기를 풍기고, 진리를 빛나게 해주는 듯했다. 이 남자 붓다는 그야말로 새끼손가락 움직임까지 참으로 진실했다. 거룩한 사람이었다. 싯다르타는 지금까지 살아오면서 이 남자만큼 존경심과 사랑의 감정이 절로 우러나는 사람을 만난 적이 없었다.

두 친구는 붓다를 따라 도시까지 갔다가 묵묵히 돌아왔다. 오늘 하루는 음식에 손을 대지 않기로 마음먹고 있었기 때문이다. 그들은 고타마가 돌아와 제자들과 함께 식사하는 모습을 지켜보았다. 그는 정말 새 한 마리 배불리 먹지 못할 만큼만 먹었다. 두 친구는 붓다가 식사를 마치고 망고나무 그늘로 은거하는 모습을 보았다.

저녁이 되어 더위가 누그러들자 승원은 활기를 띠기 시작했고, 다들 모여 붓다의 설법을 들었다. 두 친구는 붓다의 목소리를 처음 들었다. 목소리 역시 완벽했고, 천상의 평온과 평화가 가득했다. 고타마는 삶의 괴로움에 대해, 괴로움의 원인에 대해, 괴로움에서 벗어나는 방법에 대해 설법했다. 그의 말은 마치 고요하고 맑은 강물처럼 잔잔히 흘러갔다. 삶은 고통이고, 세상은 고통으로 가득 차 있지만, 이 고통으로부터 벗어나는 길이 있다. 붓다의 길을 따르면 해탈에 이르게 되리라는 것이다.

세존은 부드럽지만 확고한 목소리로 '사성제'와 '팔정도'[8]를 가르쳤다. 평범한 이도 알아들을 수 있도록 시종일관 끈기 있게 비유를 들어 반복해서 설명했다. 붓다의 목소리는 듣는 자들 위에 한줄기 빛과 밤하늘의 별처럼 밝고 고요히 떠 있었다.

붓다가 설법을 마치자 벌써 밤이었다. 여러 순례자들이 앞으로 나가 교단에 입회를 청하며 붓다의 가르침에 귀의할 뜻을 내비쳤다. 고타마는 이들을 받아들이며 말했다. "그대들은 나의 가르침을 잘 받아들였구나. 내 가르침이 잘 전해졌구나. 어서 들어와 온갖 고통에서 벗어날 거룩한 길을 걷도록 하라."

나서기를 좋아하지 않는 고빈다도 앞으로 나가 말했다. "저도 세존과 세존의 가르침에 귀의하고자 합니다." 고빈다는 제자로 받아들여지기를 청했고, 그 청은 이루어졌다.

붓다가 밤의 휴식을 취하러 물러가자마자 고빈다는 싯다르타에

---

8 사성제四聖諦는 생로병사의 고통에서 벗어나기 위한 네 가지 진리를, 팔정도八正道는 고통을 극복하기 위해 수행해야 할 여덟 가지 구체적인 방법을 가리킨다.

게 몸을 돌리더니 열정적으로 말했다. "싯다르타, 자네를 비난할 생각은 추호도 없어. 다만 자네도 세존의 말씀과 가르침을 듣지 않았나? 고빈다는 붓다의 가르침을 듣고 그에 따르기로 마음먹었어. 그런데 내가 존경하는 자네가 어찌 해탈의 길을 함께 가지 않으려는 건가? 아직도 주저하는 건가? 더 기다리겠다는 건가?"

고빈다의 말을 듣는 순간 싯다르타는 막 잠에서 깬 사람처럼 퍼뜩 정신이 들었다. 그는 고빈다의 얼굴을 한참 바라보더니 장난기라고는 전혀 없는 목소리로 나직이 말했다. "나의 벗 고빈다, 이제야 자네는 자기 길을 선택했고, 자기 걸음을 내디뎠어. 오, 고빈다, 자네는 항상 내 벗이었고, 항상 내 뒤를 따라 걷는 그림자였지. 나는 종종 이런 생각을 했어. 고빈다도 언젠가 나 없이 혼자 힘으로 걸음을 내딛지 않을까, 하고 말이야. 자, 이제 자네는 한 인간이 되어 스스로 자기 길을 선택했어. 자네가 그 길을 끝까지 걸어가길, 그래서 해탈에 이르길 진심으로 소망하네, 벗이여!"

싯다르타의 말을 아직 완전히 알아듣지 못한 고빈다는 자신의 질문을 초조하게 반복했다. "제발 부탁인데, 이유를 말해봐. 내 박식한 친구인 자네가 왜 세존 붓다에게 귀의하지 않겠다는 것인지!"

싯다르타는 고빈다의 어깨에 손을 얹었다. "고빈다, 자네는 내가 해준 축복의 말을 건성으로 들었군. 다시 한번 말하지. 나는 자네가 그 길을 끝까지 걸어가길, 그래서 해탈에 이르길 진심으로 소망하네!"

순간 고빈다는 친구가 이미 자신을 떠났음을 깨닫고 울기 시작했다.

"싯다르타!" 고빈다가 비통하게 소리쳤다.

싯다르타는 친구에게 다정하게 말했다. "고빈다, 자네는 이제 붓다의 사문이라는 걸 잊지 마! 자네는 고향집과 부모를 버렸고, 출신과 재산을 버렸고, 자네의 의지를 버렸고, 우정도 버렸어. 세존이 원하고, 세존의 가르침이 원하는 일이야. 물론 결국엔 자네가 원한 일이지만. 고빈다, 나는 내일 자네를 떠날 거야."

두 친구는 오랫동안 숲속을 거닐었고, 잠자리에 들어서도 늦도록 잠을 이루지 못했다. 고빈다는 친구에게 왜 고타마의 가르침에 귀의할 수 없는지, 그 가르침에 어떤 잘못이 있는지 알려달라고 거듭 부탁했다. 그러나 싯다르타는 매번 그의 청을 거절하며 이렇게 말했다. "걱정 마, 고빈다! 세존의 가르침은 더할 나위 없이 훌륭한데, 내가 어떻게 거기서 잘못을 찾아낼 수 있겠어?"

이튿날 새벽, 붓다를 따르는 제자들 가운데 나이 많은 승려 하나가 승원을 돌아다니며 붓다의 가르침에 새로 귀의한 신입 제자들을 불러 모아 황색 가사를 둘러주고 그들의 신분에 맞는 첫 번째 계율과 의무를 일러주었다. 고빈다도 어릴 적 친구와 다시 한 번 포옹하고는 출가자들의 대열에 합류했다.

싯다르타는 상념에 젖어 숲속을 거닐었다.

그러다 우연히 세존 고타마를 만났다. 싯다르타는 경외하는 마음으로 인사를 올렸다. 붓다의 시선에는 인자함과 평온함이 가득했다. 싯다르타는 그에 용기를 얻어 잠시 말씀을 드릴 기회를 달라고 청했다. 세존은 묵묵히 고개를 끄덕여 허락했다.

싯다르타가 말했다. "세존이시여, 어제 저는 영광스럽게도 놀라운 가르침을 들었습니다. 저와 제 친구는 세존의 가르침을 듣고자 먼 길을 마다하고 찾아왔습니다. 이제 저의 벗은 세존 곁에 머물며 세존께 귀의하기로 결심했습니다. 그러나 저는 다시 구도의 길을 떠나고자 합니다."

"그대 뜻대로 하십시오." 세존이 정중하게 말했다.

"제 말이 너무 당돌하게 들릴 수도 있겠으나, 세존께 제 생각을 솔직하게 말씀드리지 않고는 떠나고 싶지 않습니다. 부디 청하건대 잠시 제 말에 귀를 열어주시지 않겠습니까?"

붓다는 말없이 고개를 끄덕였다.

싯다르타가 말했다. "저는 세존의 가르침 중에서 특히 한 가지에 경탄을 금치 못했습니다. 세존의 가르침은 어떤 의문도 없을 만큼 완벽하고 분명합니다. 세존께서는 이 세상이 지금껏 어디에도 끊어진 구석이 없는 완벽한 사슬이라고, 영원한 인과의 사슬이라고 말씀하셨지요. 이제껏 이 사실을 세존만큼 분명하게 보여주시고, 이론의 여지없이 설명해주신 이는 없었습니다. 바라문이라면 누구나 세존의 가르침을 통해, 이 세상이 한 치의 빈틈도 없이 수정처럼 투명하게 연결된 완벽한 통일성으로 이루어져 있다는 사실을 깨닫고 가슴이 벅차오르는 감동을 느꼈을 것입니다. 그것도 우연이 작용하지 않고, 신들과도 무관한 통일성이지요. 이 세상이 정녕 선한지 악한지, 이 세상의 삶이 고통인지 기쁨인지는 일단 접어두기로 하겠습니다. 그건 어쩌면 본질적인 문제가 아닐 수도 있으니까요. 다만 이 세상의 통일성, 모든 현상의 연관성, 그리고 크고 작은 모든 일들이 동일한 흐름과 동일한 인과 법칙, 동일한 사멸의 법칙에 따라 움직인다는 사실만큼은 완성자이신 세존의 가르침에서 눈부시게 빛나고 있습니다. 그럼에도 세존의 가르침에 따르면, 만물의 그런 통일성과 연관성은 한 군데에서 끊어져 있고, 하나의 작은 틈을 통해 그전에는 없었고, 드러나지도 입증할 수도 없었던 어떤 낯설고 새로운 무언가가 이 통일성의 세계로 유입되고 있습니다. 그건 바로 세존이 가르쳐주신 해탈이지요. 이 세계의 극복이지요. 이 작은 틈, 이 작은 균열로 인해 영원하고 통일적인 세계 법칙 전체는 무너지고 폐기될 수밖에 없습니다. 세존의 가르침에 대한 무례한 반박을 부디 너그러이 용서해주시기 바랍니다."

고타마는 무심한 표정으로 싯다르타의 말을 조용히 경청했다. 그러다 궁극의 깨달음을 얻은 존귀한 이가 마침내 맑은 목소리로 인자하고 정중하게 말했다. "오, 바라문의 아들이여, 내 설법을 듣고 그토록 깊이 숙고하다니 참으로 훌륭합니다. 그대는 그 가르침에서 하나의 틈새를, 하나의 오류를 발견했군요. 앞으로도 그 문제를 계속 숙고해보기 바랍니다. 하지만 지식을 갈구하는 자여, 의견의 혼란 더미와 언쟁을 경계하십시오. 근본적인 것은 의견이 아닙니다. 의견은 아름답거나 추할 수 있고, 현명하거나 어리석을 수 있고, 누구나 의견을 따르거나 배척할 수 있습니다. 그러나 그대가 내게 들은 가르침은 의견이 아닙니다. 가르침의 목적은 지식을 갈구하는 이들에게 세상을 설명하는 것이 아닙니다. 가르침의 목적은 다른 데 있습니다. 바로 번뇌와 삶의 고통으로부터 벗어나는 것이지요. 고타마가 가르치는 것도 다름 아닌 그것입니다."

"오, 세존이시여, 노여워 마소서!" 젊은이가 말했다. "세존과 다투거나 언쟁하려고 그런 말을 한 것이 아닙니다. 근본적인 것은 의견이 아니라는 말씀은 지극히 옳습니다. 다만 한 가지만 더 말씀드리겠습니다. 저는 한순간도 세존을 의심한 적이 없습니다. 세존이 깨달은 자이고, 그것도 수천의 바라문과 바라문의 아들들이 도달하려고 애쓰는 최고의 목표에 도달했다는 사실에 단 한순간도 의심을 품지 않습니다. 세존은 죽음으로부터 벗어나는 길을 찾았습니다. 그 해탈은 세존 스스로 노력하고, 자신의 길을 걷고, 사색하고, 마음 수련을 하고, 인식하고, 깨달은 끝에 얻은 것입니다. 다른 이의 가르침으로 얻은 것이 아니라는 말이지요! 세존이시여, 저는 누구도 가르침을 통해 해탈에 이르지는 못한다고 생각합니다! 세존께서도 깨달음의 순간에 일어난 일을 말이나 가르침으로 타인에게 전달할 수는 없을 것입니다! 깨달음을 얻은 붓다의 가르침에는 많은 것이 담겨 있습니다. 세존께서는 많은 사람들에게 올바르게 살고 악을 피하라고 가르치셨습니다. 그런데 그토록 명확하고 귀한 가르침에도 한 가지가 빠져 있습니다. 세존께서 몸소 겪은 깨달음의 순간에 관한 비밀, 수십만 명 가운데 오직 세존 혼자만 아는 그 비밀이지요. 이게 바로 제가 설법을 들으면서 생각하고 느낀 점입니다. 이런 이유에서 저는 저에게만 의미가 있는 구도의 길을 계속 떠나고자 합니다. 더 나은 가르침을 찾아서 떠나는 것은 결코 아닙니다. 그런 가르침이 없다는 건 이미 알고 있습니다. 저는 온갖 가르침과 스승을 떠나 오직 제 스스로 목표에 도달하거나 아니면 죽을 생각입니다. 그러나 오, 세존이시여, 저는 오늘 이날을, 제 눈으로 성자를 본 이 순간을 잊지 못할 것입니다."

붓다의 눈은 조용히 땅바닥을 향해 있었고, 헤아릴 수 없는 얼굴은 완벽한 평정심 속에서 고요히 빛나고 있었다.

"그대의 생각이 틀리지 않기를 바랍니다!" 세존이 천천히 입을 열었다. "그대의 목표에 이르길 바랍니다! 다만 이건 한번 대답해

보시지요. 그대도 나의 가르침에 귀의한 수많은 나의 형제들, 나의 사문들을 보셨지요? 낯선 사문이여, 그대는 이들 모두가 내 가르침을 등지고 속세의 삶, 욕망의 삶으로 다시 돌아가는 편이 낫다고 생각하십니까?"

"결코 그리 생각하지 않습니다!" 싯다르타가 소리쳤다. "그 사람들 모두 세존의 가르침에 따르고, 그 사람들 모두 목표에 도달하길 바랍니다! 타인의 삶을 판단하는 건 제 몫이 아닙니다. 저는 오직 저 자신에 대해서만 판단을 내릴 수 있고, 선택하고 거부할 수 있습니다. 세존이시여, 우리 사문은 자아로부터의 해탈을 추구합니다. 제가 만일 세존의 제자가 된다면 저의 자아가 거짓 안식을 얻거나 거짓 해탈에 이르게 되지 않을까 저어됩니다. 실제로는 제 자아가 계속 살아남아 더 커지는 줄도 모른 채 말이지요. 그리 된다면 저는 세존의 가르침을, 세존에 대한 저의 복종과 사랑을, 이 승단을 저의 자아로 만들지도 모릅니다!"

고타마는 보일 듯 말 듯한 미소를 머금은 채 흔들리지 않는 밝음과 다정함을 품은 표정으로 낯선 사문의 눈을 들여다보았고, 눈에 거의 띄지 않는 몸짓으로 싯다르타에게 작별을 고했다.

"사문이여, 그대는 참 똑똑하구려!" 존귀한 자가 말했다. "똑똑하게 말하는 법도 알고 있군요. 허나 지나치게 똑똑해지지 않도록 조심하세요!"

이 말과 함께 붓다는 떠났지만, 싯다르타는 그의 눈길과 보일 듯 말 듯한 미소를 영원히 잊지 못할 것 같았다.

'이제껏 저런 눈빛과 미소를 보이고, 저렇게 앉고 걷는 사람을 본 적이 없어.' 싯다르타는 생각했다. '정말이지 나도 저렇게 자유로

우면서도 기품 있게, 저렇게 은은하면서도 솔직하게, 저렇게 천진
하면서도 신비롭게 바라보고 미소 짓고 앉고 걸을 수 있으면 얼마
나 좋을까! 저건 정말 자신의 가장 깊은 내면까지 도달한 사람만이
지닐 수 있는 시선과 걸음걸이야. 그래, 나도 나 자신의 가장 깊은
내면까지 들어가보겠어.'

싯다르타의 생각이 이어졌다. '나는 앞에 서면 시선을 떨굴 수밖
에 없는 유일한 사람을 보았어. 이제 나는 다른 누구를 만나더라도
시선을 떨구지 않을 거야. 이제는 누구의 가르침에도 혹하지 않을
거야. 이분의 가르침조차 물리친 내가 아니던가!'

싯다르타는 계속 생각했다. '붓다는 내게서 나를 앗아갔지만, 그
이상의 것을 선물했어. 붓다는 나의 친구를 앗아갔어. 그 친구는 한
때 나를 믿었지만 이제는 그분을 믿고, 한때 나의 그림자였으나 이
제는 고타마의 그림자가 되었어. 하지만 그분은 내게 싯다르타를,
나 자신을 선물해주었어.'

깨어나다

완성자인 붓다와 벗 고빈다가 머무는 승원을 떠났을 때 싯다르타는 지금까지의 삶을 그곳에 남겨두고 그것과 작별하는 기분이 들었다. 그는 천천히 걸으며 마음속 가득한 이 감정에 대해 깊이 생각했다. 마치 깊은 물속을 헤쳐 들어가듯 그 감정의 밑바닥까지, 그 감정의 원인들이 있는 곳까지 내려갔다. 그가 보기엔, 그 원인을 아는 것은 곧 생각이고, 그것을 통해서만 감정이 인식이 되고 스러지지 않는 본질이 되어 그 감정 속에 숨어 있는 것을 내뿜기 시작할 것만 같았다.

싯다르타는 천천히 걸으며 사색에 잠겼다. 이제 자신이 더는 청년이 아니라 한 남자가 되었음을 알아차렸다. 마치 뱀이 허물을 벗듯 무언가가 자신을 떠나갔음을, 젊은 시절 내내 그를 따라다녔고 자신의 일부였던 무언가가 이제 그에게 있지 않음을 확인했다. 그건 바로 스승을 찾고 가르침을 받겠다는 소망이었다. 이제 그 길에서 만난 마지막 스승이자 가장 지혜로운 스승인 붓다조차 떠났다. 붓다와의 결별은 불가피했고, 붓다의 가르침을 받아들이는 것은 불가능했다.

싯다르타는 생각에 잠겨 좀 더 천천히 걸으며 스스로에게 물었다. '네가 스승과 설법으로부터 배우고자 했던 것은 무엇인가? 스승들은 많은 것을 가르쳐주려 했지만, 그럼에도 도저히 가르쳐줄 수 없었던 것은 무엇인가?' 그는 답을 찾았다. '그건 나 자신이었다. 나는 나 자신의 의미와 본질을 배우고자 했고, 그것으로부터 벗어나고 그것을 극복하고자 했다. 그러나 나를 극복하지 못했다. 다만 나 자신을 기만하고, 나로부터 도망치고, 나를 피해 숨을 수만 있었다. 진실로 세상 어떤 것도 나의 이 자아만큼 많은 상념을 불러일으킨 것은 없었다. 내가 살아 있다는 이 수수께끼, 내가 다른 모든 이들과 구별되는 특별한 존재라는 이 수수께끼, 내가 싯다르타라는 이 수수께끼만큼 말이다! 그런데도 나는 이 세상 어떤 것보다 나 자신에 대해, 이 싯다르타에 대해 아는 것이 없다!'

사색하며 천천히 걷던 싯다르타는 이 생각에 사로잡혀 걸음을 멈추었다. 곧이어 이 생각에서 다른 새로운 생각이 펄쩍 솟구쳤다. '내가 나에 대해 아는 것이 없고, 이 싯다르타가 나에게 그토록 낯설고 소원하게 느껴지는 이유는 하나다. 나는 나 자신을 두려워했고, 나로부터 도망쳤던 것이다! 나는 아트만을 추구했고, 브라흐만을 갈구했다. 나는 내 자아를 갈기갈기 찢고 그 껍데기를 홀랑 벗김으로써 그 가장 깊숙한 곳에서 모든 껍데기의 핵심을, 아트만을, 생명을, 신적인 것을, 궁극적인 것을 찾아낼 생각이었다. 하지만 그 과정에서 나 자신을 잃어버렸다.'

싯다르타는 눈을 번쩍 뜨고 주위를 살펴보았다. 얼굴엔 미소가 가득했고, 갑자기 긴 꿈에서 깨어난 것 같은 묘한 감정이 온몸을 타고 발가락 끝까지 퍼져나갔다. 곧이어 그는 다시 걸었다. 빨리 걸었다. 이제 자신이 무엇을 해야 하는지 아는 사람처럼.

그는 안도의 숨을 깊이 들이쉬며 생각했다. '아, 이제 다시는 내게서 싯다르타가 빠져나가게 하지 않으리라! 다시는 내 생각이나 삶을 아트만이나 세계의 고통에서 시작하지 않으리라. 더는 나 자신을 죽여 갈기갈기 찢은 다음 그 잔해 뒤에서 비밀을 찾지 않으리라. 다시는 《요가베다》에서, 《아타르바베다》에서, 고행에서, 다른 가르침에서 배우지 않으리라. 이제 나는 나 자신에게서 배울 것이고, 나 자신의 제자가 될 것이며, 싯다르타의 비밀을 나 자신에게서 알아낼 것이다.'

그는 마치 처음으로 세상을 대하듯 주위를 둘러보았다. 세상은 얼마나 아름답고 다채롭고 야릇하고 신비로운지! 여기엔 푸른색, 저기엔 노란색, 또 저기엔 초록색이 있었다. 하늘과 강은 흘러갔고, 숲과 산은 우뚝 솟아 있었다. 모든 것이 아름다웠고, 모든 것이 불가사의하고 신비로웠다. 그 한가운데에 이제 막 새로 깨어난 싯다르타가 자신에게 이르는 길 위에 서 있었다. 세상의 모든 노란색과 푸른색, 강과 숲이 처음으로 눈을 통해 싯다르타의 내면으로 스며들었다. 이 모든 것은 더 이상 마라[9]의 요술이나 마야[10]의 베일이 아니었고, 더 이상 무의미하고 우연한 현상계의 다양성이 아니었으며, 깊은 사색으로 삼라만상의 통일성을 찾는 바라문들이 경멸

---

9 사람의 마음을 홀려 수행을 방해하고 악한 길로 유혹하는 나쁜 귀신.

10 환영幻影과 거짓으로 가득한 현상계를 진짜라고 믿게 만드는 신적인 힘.

하는 허상의 세계가 아니었다. 푸른색은 푸른색이었고, 강은 강이었다. 설령 싯다르타의 내면에 존재하는 푸른색과 강 속에 우주를 꿰뚫는 하나의 신적인 통일성이 숨어 있다 하더라도 여기 노란색과 푸른색, 저기 하늘과 숲, 또 여기 싯다르타가 있는 것이 바로 신적인 것의 거룩한 존재 방식이자 의미였다. 의미와 본질은 사물 뒤편 어딘가에 있는 것이 아니라 사물들 속에, 우주 삼라만상 속에 있었다.

'아, 나는 얼마나 어리석고 무감각했던가!' 그는 빠르게 걸으며 생각했다. '누군가 책을 읽으며 그 의미를 알고자 할 때 그 사람은 글자와 철자 하나하나를 무시하거나, 착각이나 우연, 빈껍데기라고 생각하지 않아. 오히려 글자 하나하나를 빠뜨리지 않고 읽고, 연구하고, 사랑해. 그런데 세상이라는 책과 나의 본질이라는 책을 읽고자 했던 나는 선입견에 미혹되어 철자 하나하나를 경멸했고, 현상계를 착각이라 치부했으며, 두 눈과 혀를 아무 가치 없는 우연한 것이라 여겼어. 이제 그런 일은 끝났어. 나는 깨어났어. 기나긴 미몽에서 깨어나 오늘 비로소 다시 태어났어!'

싯다르타는 이런 생각에 빠져 마치 발 앞에 뱀이라도 있는 것처럼 갑자기 다시 걸음을 멈추었다.

문득 분명히 깨달은 것이 있었기 때문이다. 만일 그가 스스로를 방금 깨어난 자 혹은 새로 태어난 자라고 여긴다면 이제 삶을 처음부터 완벽하게 새로 시작해야 했다. 그런데 세존의 기원정사를 떠나던 바로 그날 아침, 그러니까 이미 미몽에서 깨어나 나 자신에게 이르는 길로 나아가려 했을 때만 해도 지난 몇 해 동안 고행의 세월을 보냈으니 이제 고향집으로 돌아가 아버지를 뵈려 했고, 그것을 지극히 당연한 일로 여겼다. 그런데 발 앞에 뱀이 버티고 있는 것처럼 놀라 멈춰 선 이 순간, 그는 다른 깨달음에 눈이 떴다. '나는 더 이상 과거의 내가 아니다. 고행자가 아니고, 사제가 아니고 바라문도 아니다. 대체 집으로 돌아가 아버지 곁에서 무엇을 하겠다는 것인가? 예전처럼 다시 경전 공부를 하고 제사를 올리고 명상에 빠진다? 아니다, 이 모든 건 이미 끝났다. 그건 더 이상 내 길이 아니다.'

싯다르타는 미동도 없이 같은 자리에 계속 서 있었다. 숨을 한 번들이쉬고 내쉴 만큼의 짧은 시간 동안 심장이 얼어붙는 듯했다. 이제 자신이 이 세상에서 완전히 혼자라는 사실을 알아차린 것이다. 마치 갑자기 한 마리 작은 짐승이나 새, 토끼라도 된 느낌이었다. 그는 여러 해 고향을 떠나 있었지만 이런 감정은 처음이었다. 그런데 이제 그걸 느꼈다. 지금까지는 아무리 먼 곳에서 수련을 하더라도 그는 여전히 아버지의 아들이었고, 고결한 바라문 계급이었으며, 이지적인 존재였다. 그런데 지금은 새로 깨어난 싯다르타만 있을 뿐 다른 것은 없었다. 그는 다시 한번 숨을 깊이 들이마셨다. 일순 몸이 얼어붙으면서 소름이 돋았다. 그만큼 고독한 사람은 세상천지에 없을 것 같았다. 귀족은 귀족대로, 직공은 직공대로 속한 계급이 있고, 그 속에서 안식을 얻고, 삶을 공유하고, 그들의 언어를 사용했다. 어떤 바라문도 다른 바라문과 담을 쌓고 사는 사람은 없었고, 어떤 고행자도 사문들 사이에서 안식을 얻지 않는 사람은 없었다. 심지어 숲속의 가장 외로운 은둔자조차 혼자가 아니었고, 같은 무리의 사람들에게 둘러싸여 있었으며, 자신에게 고향이 되어주는 어떤 집단의 일부였다. 승려가 된 고빈다도 이제 수천 명의 승려가 그의 형제였고, 그들과 같은 옷을 입고 같은 믿음을 품고 같은 언어를 사용했다. 그렇다면 싯다르타, 그는 어디에 속할까? 누구와 삶을 공유하고 누구와 같은 언어를 사용할 수 있을까?

그를 둘러싼 세계가 녹아내리고 그 자신이 하늘의 별 하나처럼 고독하게 느껴지던 순간에, 세상의 냉기와 심적인 낙담을 느끼던 바로 그 순간에 싯다르타의 자아는 예전보다 더 크고 단단해진 모습으로 수면 위로 힘껏 솟구쳐 올랐다. 싯다르타는 느꼈다. 이것이 깨어남의 마지막 전율이자 탄생의 마지막 몸부림임을. 이윽고 그는 다시 발을 떼어 빠르고 조급하게 걷기 시작했다. 집으로 가는 길도 아니고, 아버지에게로 가는 길도 아니고, 과거로 돌아가는 길도 아니었다.

2부

일본에 사는 나의 사촌 빌헬름 군데르트*에게 바침

---

* 일본에서 활동한 동양학 학자. 특히 불교에 관심이 많았다. 선禪 수행의 중요한 지침
서인《벽암록》을 독일어로 번역해서 헤세의 극찬을 받았다.

카말라

싯다르타는 자기에게 이르는 길로 한 걸음 한 걸음 나아갈 때마다 새로운 것을 배웠다. 왜냐하면 세상이 달라 보였고, 그의 마음은 마법에 걸린 듯 현상계에 매료되었기 때문이다. 그는 울창한 산 위로 떠올랐다가 저 멀리 종려나무 해변으로 지는 해를 보았다. 밤에는 하늘에서 정연하게 배치되는 별들과 푸른 바다의 조각배처럼 떠다니는 초승달을 보았다. 그는 나무, 별, 동물, 구름, 무지개, 바위, 약초, 꽃, 시냇물과 강, 덤불 속에서 영롱하게 반짝이는 아침이슬, 저 멀리 푸르고 창백한 빛을 내뿜는 높은 산을 보았다. 새들은 노래했고, 벌들은 윙윙거렸으며, 들에서는 청아한 바람이 불었다. 사실 오색찬란한 이 모든 것은 늘 있어왔고, 해와 달은 늘 한결같이 세상을 비추어왔으며, 강물은 늘 소리 내어 흘렀고, 벌들은 언제나 윙윙거리며 날았다. 다만 예전에는 이 모든 것이 싯다르타의 눈엔 그저 본질을 가리는 덧없고 기만적인 현상계였을 뿐이다. 그는 이 모든 것을 불신의 눈으로 바라보았고, 사유를 통해 꿰뚫고 들어가 파괴시켜야 할 대상으로 여겼다. 그것들은 본질이 아니었고, 본질은 눈에 보이는 현상계 너머에 있다고 생각했기 때문이다. 그런데 이제 자유로워진 그의 눈은 여기 차안의 세계에 향해 있었고, 가시적인 현상계를 있는 그대로 보았으며, 이 세계에서 고향을 찾을 뿐 본질은 찾지 않고 피안의 세계로 들어가려고도 하지 않았다. 이처럼 뭔가를 찾으려 하지 않은 상태에서 단순하고 천진난만하게 바라보니 이 세상은 너무 아름다웠다. 달과 별이 아름다웠고, 시냇물과 물가, 숲과 바위, 염소와 황금풍뎅이, 꽃과 나비도 아름다웠다. 이렇듯 아이 같은 마음으로, 미몽에서 깨어난 눈으로, 불신이라고는 전혀 없이 주변 사물에 마음을 연 채 이 세계에 다가가니 아름답고 사랑스럽지 않은 것이 없었다. 머리에 와 닿는 햇빛도 다르게 느껴졌고, 숲 그늘의 청량감도 달랐으며, 시냇물과 빗물통의 물맛도 달랐고, 호박과 바나나 맛도 달랐다. 낮과 밤은 짧았고, 매시간이 마치 바다 위의 돛단배처럼, 보화와 기쁨을 가득 실은 돛단배처럼 쏜살같이 지나갔다. 싯다르타는 울창한 숲에서 높은 나뭇가지를 붙잡고 이곳저곳으로 옮기는 원숭이 무리를 보았으며, 그들의 거칠고 탐욕스런 울음도 들었다. 또한 숫양이 암양을 쫓아가 교미하는 모습을 보았고, 갈대 호수에서 강꼬치고기가 저녁 허기를 때우려고 사냥하는 모습도 보았다. 겁에 질린 작은 물고기들은 이 무서운 사냥꾼을 피해 떼를 지어 빠르게 도망쳤고, 물위로 비늘을 반짝거리며 펄쩍펄쩍 뛰어올랐다. 난폭한 사냥꾼 물고기가 일으키는 격렬한 소용돌이에서는 힘과 열정의 기운이 강렬하게 뿜어져 나왔다.

이 모든 것은 늘 있어왔지만, 그는 지금껏 이것들을 보지 못했다. 자신은 이 세계에 함께하지 않았던 것이다. 이제 그는 이 세계에 있었고, 그 일부가 되었다. 그의 눈으로 빛과 그림자가 들어왔고, 그의 가슴으로 별과 달이 스며들었다.

싯다르타는 걸으면서 지난 일을 떠올렸다. 기원정사에서 겪었던 일, 거기서 들었던 가르침, 거룩한 붓다, 고빈다와의 작별, 세존과의 대화…. 자신이 세존에게 했던 말이 새록새록 기억났다. 그런데 지금 생각해보니 그때는 자신도 제대로 이해하지 못한 말을 했음을 깨닫고 깜짝 놀랐다. 그는 고타마에게 이렇게 말했다. 붓다의 가르침에서 정말 빛나고 본질적인 것은 설법의 내용이 아니라 그가 득도의 순간에 체험한, 말로 표현할 수도 가르칠 수도 없는 그것이라고. 싯다르타 역시 그것을 체험하려고 길을 떠났고, 그것을 막 체험하고 있었다. 이제 자기 자신을 체험해야 했다. 사실 그는 자신의 진정한 자아가 아트만이고, 이 아트만이 본질적으로 브라흐만과 다르지 않음을 이미 오래전부터 알고 있었다. 그러나 이 자아를 사유의 그물로 잡으려 했기에 찾을 수가 없었다. 육신은 분명 진정한 자아가 아니었고, 감각의 유희도 내 것이 아니었다. 그건 나의 생각과 오성, 학습된 지혜, 결론을 도출하고 기존의 사상에서 다른 사상을 발전시켜 나가는 학습된 기술도 마찬가지였다. 그렇다, 이 생각의 세계도 아직 차안의 세계에 있었다. 감각이라는 허구적인 자아를 죽이고, 대신 사유와 학식이라는 또 다른 허구적인 자아를 살찌운다 한들 목표에 이를 수는 없었다. 사실 생각과 감각, 이 둘은 썩 괜찮은 것들이었다. 그 배후에는 궁극적인 의미가 숨어 있었다. 둘 다 귀 기울일 만한 가치가 있었고, 둘 다 함께 놀아볼 만했다. 게다가 어느 것도 무시하거나 과대평가해서는 안 되었고, 감정과 생각 모두에서 내면의 저 깊은 비밀스러운 목소리를 들어야 했다. 그는 이제 내면의 목소리가 명령하는 것 외에는 아무것도 따르지 않을 생각이었다. 내면의 목소리가 머물라고 요구하는 곳 외에는 어디에도 머물지 않을 생각이었다. 그 옛날 붓다가 하고많은 시간 중에 왜 하필 그 시간에, 왜 하필 보리수 밑에서 깨달음을 얻으려고 했을까? 내면의 목소리를 들었기 때문이다. 그 나무 밑에 앉아 안식을 얻으라고 명령하는 내면의 목소리를 들었기 때문이다. 그는 금욕, 제사, 목욕재계, 기도, 음식과 음료, 수면과 꿈에 현혹되지 않고 내면의 목소리에 따랐다. 외부의 명령이 아니라 오직 내면의 소리에만 복종하고, 그럴 각오를 하는 것은 좋은 일이고 필요한 일이었다. 그 외에 필요한 것은 없었다.

밤이었다. 싯다르타는 어느 뱃사공의 강변 초가에서 잠을 자다가 꿈을 꾸었다. 그 앞에 누런 고행자 옷을 입은 고빈다가 서 있었다. 슬퍼 보였다. 그가 슬픈 목소리로 물었다. '너는 나를 왜 떠났어?' 싯다르타는 고빈다를 포옹했다. 그런데 두 팔로 감싸안고 입을 맞추려는 순간 그건 고빈다가 아니었다. 여인이었다. 여인의 옷 위로 풍만한 가슴이 느껴졌다. 싯다르타는 여인의 가슴에 대고 젖을 빨았다. 젖은 감미롭고 진했다. 거기서는 남자와 여자의 맛이 났고, 해와 숲, 동물과 꽃의 맛이 났으며, 온갖 과일과 온갖 쾌락의 맛이 났다. 그는 젖에 취해 의식을 잃었다. 깨어났을 때 초가 문틈으로 파리하게 어른거리는 강물이 보였고, 숲속에서는 깊고도 묵직한 부엉이 울음소리가 은은히 들려왔다.

동이 트자 싯다르타는 하룻밤 신세를 진 뱃사공에게 강 건너로 데려다 달라고 부탁했다. 뱃사공은 싯다르타를 대나무 뗏목에 태워 건네주었다. 넓은 강물이 아침노을에 불그스름하게 물들었다.

"강이 참 아름답군요." 싯다르타가 뱃사공에게 말했다.

"그렇고말고요." 뱃사공이 말했다. "무척 아름다운 강이지요. 저는 이 세상 어떤 것보다 이 강을 사랑합니다. 저는 강의 목소리에 자주 귀를 기울이고, 강의 눈을 자주 들여다보지요. 그러면서 늘 강에게 배웁니다. 강은 배울 것이 참 많죠."

"고맙습니다, 제가 은혜를 입었습니다." 강 건너편에 이르렀을 때 싯다르타가 말했다. "뱃삯으로 마땅히 드릴 것이 없어 죄송합니다. 저는 정처 없이 떠도는 바라문의 아들이자 사문이거든요."

"알고 있습니다." 뱃사공이 말했다. "애초에 손님한테 뱃삯이나 선물을 기대하지는 않았습니다. 훗날 언젠가 저에게 보답할 날이 오겠지요."

"그렇게 생각하십니까?" 싯다르타가 유쾌하게 물었다.

"물론이지요. 제가 강에서 배운 것이 있는데, '모든 것은 다시 돌아온다!'는 겁니다. 사문께서도 다시 돌아오실 겁니다. 안녕히 가십시오! 이렇게 알게 된 인연을 뱃삯으로 여기겠습니다. 신들께 제사를 올릴 때 저를 기억해주십시오."

두 사람은 미소를 지으며 헤어졌다. 싯다르타는 뱃사공의 선의와 호의를 생각하며 만면에 웃음을 지었다. '고빈다 같은 사람이야.' 그는 생각했다. '내가 길에서 만난 사람들 모두가 고빈다 같아. 모두 감사를 받아야 할 사람인데도 오히려 감사하고 있어. 다들 자기를 낮추고, 호의를 베풀고, 기꺼이 순종하고, 생각 같은 건 별로 하지 않아. 아이 같은 사람들이야!'

정오 무렵, 싯다르타는 한 마을을 지나갔다. 흙담집들 앞의 골목에서 아이들이 뒹굴며 놀고 있었다. 호박씨나 조개껍질을 갖고 놀기도 하고, 소리를 지르며 옥신각신 싸우기도 했다. 그러던 아이들이 낯선 사문을 보자 모두 겁을 먹고 도망쳤다. 싯다르타가 마을 끝에서 개울을 건너는데, 개울가에 젊은 여자가 쪼그리고 앉아 빨래를 하고 있었다. 그가 인사를 건네자, 여자는 미소를 띠며 그를 올려다보았다. 여자의 눈이 희번덕거렸다. 싯다르타는 길에서 만난 사람들에게 으레 그리하듯 축복의 말을 건네고는 큰 도시까지 얼마나 더 가야 하는지 물었다. 그러자 여자가 일어나 싯다르타에게 다가왔다. 젊은 여자의 촉촉한 입술이 매혹적으로 반짝거렸다. 여자는 농담을 몇 마디 건네고는, 식사는 했는지, 또 사문들은 정말 밤에 숲에서 혼자 자는지, 여자를 가까이해서는 안 되는지 물었다. 그러면서 자신의 왼발을 그의 오른발 위에 올려놓고, 여자가 남자에게 성적 쾌락을 요구할 때 취하는 몸짓을 했다. 사랑의 교과서[1]에 나오는 '나무 타기'라는 몸짓이었다. 싯다르타는 피가 뜨거워지는 것을 느꼈고, 어젯밤의 꿈이 다시 떠오르면서 여자의 아래쪽으로 고개를 숙여 갈색 젖꼭지에 입을 맞추었다. 고개를 들자, 여자의 얼굴은 갈망으로 배시시 웃었고, 가늘게 뜬 두 눈은 욕정에 젖어 뜨겁게 불타오르고 있었다.

싯다르타 역시 갈망이 이글거리고, 욕정의 원천이 꿈틀대는 것을 느꼈다. 그러나 이제껏 여자를 취한 적이 없기에 몸은 여자를 안을 준비가 되어 있었음에도 순간적으로 머뭇거리고 말았다. 바로

---

1 성애의 기술을 담은 고대 인도의 《카마수트라》를 가리킨다.

그 순간 '안 돼'라고 외치는 내면의 소리가 들렸다. 그는 깜짝 놀라 진저리를 쳤다. 이제 배시시 웃는 젊은 여자의 얼굴에서 매력은 온 간 데 없이 사라지고 발정난 암컷의 음탕한 눈만 보였다. 싯다르타는 여자의 뺨을 다정하게 어루만져주고는 몸을 돌렸고, 실망한 여자를 남겨두고 발걸음도 가볍게 대나무 숲으로 사라졌다.

싯다르타는 그날 저녁 전에 큰 도시에 닿았다. 사람이 무척 그리웠던 터라 무척 기뻤다. 그는 오랫동안 숲속에서 살았다. 머리에 지붕을 이고 잠을 잔 것은 뱃사공의 초가에서 묵은 지난밤이 몇 년 만에 처음이었다.

나그네는 도시 앞, 아름다운 울타리로 둘러싸인 한 작은 장원을 지나가다가 바구니를 든 하인과 하녀 행렬을 만났다. 하인 넷이 메고 가는 호화스런 가마에는 주인으로 보이는 여인이 화려한 차일 아래 붉은 방석에 앉아 있었다. 싯다르타는 장원 입구에서 걸음을 멈추고 행렬을 지켜보았다. 하인과 하녀, 바구니, 가마, 그리고 가마에 탄 여인을. 높이 틀어올린 검은 머리 아래 아리땁고 영리해 보이는 하얀 얼굴이 보였다. 붉은 입술은 막 터진 무화과 열매 같았고, 눈썹은 휘어진 활 모양으로 곱게 그려져 있었으며, 까만 눈동자는 주의 깊고 영특해 보였다. 녹색과 금색 상의 위로 환한 목이 길게 솟아 있었고, 손목에 넓은 금팔찌를 찬 희고 길쭉한 손은 무릎 위에 가지런히 놓여 있었다.

너무나도 아름다운 여인을 보자 싯다르타의 가슴은 기쁨으로 들떴다. 가마가 가까이 다가왔을 때 그는 깊이 허리를 숙여 인사하고는 다시 몸을 일으켜 화사하고 고결한 얼굴을 바라보았다. 아치형의 크고 영리한 눈과 순간적으로 눈이 마주쳤고, 일찍이 맡아본 적이 없는 향기를 맡았다. 아름다운 여인은 일순 옅은 미소와 함께 고개를 끄덕이더니 장원 안으로 사라졌고, 하인들도 그 뒤를 따랐다.

'이 도시에 발을 들여놓자마자 이런 광경을 보게 되다니 좋은 징조구나.' 싯다르타는 생각했다. 그는 곧장 장원으로 따라 들어가고 싶었으나, 자신의 몰골이 퍼뜩 떠올랐고, 그와 함께 입구에서 자신을 바라보던 하인과 하녀들의 눈초리가 기억났다. 경멸과 불신과 거부의 눈빛이었다.

'나는 아직 사문이야.' 그는 생각했다. '여전히 일개 고행자이고 거지에 불과해. 이런 초라한 몰골로는 장원에 들어갈 수도 머물 수도 없어.' 이런 생각이 들자 그는 웃음이 났다.

싯다르타는 길에서 처음 만난 사람에게 이 장원과 여인의 이름을 물었고, 이곳이 카말라라는 유명한 창부의 장원이고 이 장원 말고도 시내에 그녀의 집이 한 채 더 있다는 말을 들었다.

이어 싯다르타는 도시로 들어갔다. 이제 목표가 하나 생겼다.

그는 이 목표를 좇으며 도시의 속살을 음미했고, 발길 닿는 대로 골목골목을 돌아다녔다. 어떤 때는 광장에 우두커니 서 있기도 하고, 어떤 때는 강변 돌계단에서 휴식을 취하기도 했다. 저녁녘에는 이발소 조수를 알게 되었다. 처음에는 이 친구가 아케이드의 한 후미진 곳에서 일하는 것을 보았고, 나중에는 비슈누 사원에서 기도드리는 것을 보고는 비슈누와 락슈미에 관한 이야기를 들려주었다. 그날 밤 싯다르타는 강변 나룻배에서 잠을 청했고, 이튿날 새벽에는 첫 손님이 오기 전에 이발소 조수에게 수염과 머리를 자르고 빗질한 다음 고급 머릿기름까지 발랐다. 그러고는 강에서 목욕을 했다.

늦은 오후, 아름다운 카말라가 가마를 타고 장원에 접근했을 때 싯다르타는 입구에 서 있다가 허리 숙여 인사했고, 고급 창부의 답례를 받았다. 이어 행렬 맨 끝의 하인을 불러 여주인에게 젊은 바라문이 간절히 대화를 청한다는 말을 전해달라고 부탁했다. 잠시 후 하인이 돌아와 기다리던 자에게 자신을 따라오라고 하고는 말없이 정자로 안내했다. 카말라는 그곳 침상에 누워 있었다. 하인은 싯다르타와 카말라만 남겨두고 자리를 떴다.

"당신은 어제도 거기 서 있다가 내게 인사하지 않았나요?" 카말라가 물었다.

"네, 어제도 당신을 보고 인사했지요."

"어제는 수염도 깎지 않고, 긴 머리에 먼지투성이였던 것은 같은데?"

"관찰력이 훌륭하시군요. 다 보셨나 봅니다. 당신이 어제 본 사람은 바라문의 아들 싯다르타입니다. 고향을 떠나 삼 년 동안 사문으로 살았지요. 지금은 사문의 길을 떠나 이리로 왔고, 도시에 들어서기 직전에 당신을 처음 만났습니다. 이 말을 하려고 당신을 찾아온 겁니다, 카말라! 당신은 싯다르타가 눈을 피하지 않고 말을 하는 첫 번째 여인입니다. 앞으로는 어떤 아름다운 여인을 만난다 해도 결코 눈을 피하는 일은 없을 것입니다."

카말라는 미소를 머금은 채 공작깃으로 만든 부채를 만지작거리며 물었다. "그러니까 싯다르타는 고작 그 말이나 하려고 나를 찾아왔다는 건가요?"

"이 말을 하려고, 당신이 이렇게 아름다운 것에 감사드리려고 왔습니다. 제가 싫지 않다면 나의 여인이자 나의 선생이 되어주시오,

카말라. 나는 당신이 능수능란하게 다룬다는 그 기술에 대해 아는 바가 없습니다."

카말라가 웃음을 터뜨렸다.

"이봐요, 숲에서 온 사문이 나를 찾아와 배움을 청한 적은 이제껏 한 번도 없었어요! 긴 머리에 낡고 해진 치부 가리개만 걸친 사문이 찾아온 적도 없었고요! 많은 젊은이들이 나를 찾아와요. 그중에는 당연히 바라문의 아들도 있죠. 하지만 다들 아름다운 옷을 입고, 근사한 신발을 신고, 머리에서 좋은 향기를 풍기고, 지갑에 돈을 두둑이 넣고 오지요. 이봐요, 사문, 나를 찾아오는 젊은이들은 모두 그렇게 하고 와요."

싯다르타가 말했다. "나는 이미 당신에게 배우기 시작했습니다. 어제도 배운 바가 있고요. 나는 수염을 깎았고, 머리를 빗었고, 기름까지 발랐습니다. 빼어나게 아름다운 여인이여, 이제 내게는 부족한 것이 별로 없습니다. 아름다운 옷과 근사한 신발, 지갑 속의 돈만 없을 뿐이지요. 싯다르타는 지금껏 그런 사소한 것들보다 훨씬 어려운 일들을 작정하고 해냈습니다. 그렇다면 어제 마음먹은 일을 이루지 못할 이유가 있을까요? 당신의 남자가 되어 당신에게 사랑의 기쁨을 배우지 못할 이유가 있을까요? 당신은 내가 얼마나 잘 배우는 사람인지 알게 될 겁니다, 카말라. 나는 당신이 내게 가르쳐주는 것보다 훨씬 어려운 것들도 잘 배워왔으니까. 그런데도 이 싯다르타가 마음에 차지 않나요? 머리에 기름은 발랐지만 아름다운 옷도 없고, 신발도 없고, 돈이 없다는 이유로?"

카말라는 다시 웃음을 터뜨리며 소리쳤다. "맞아요, 속에 무슨 귀한 것을 갖고 있든 그것만으로는 성에 차지 않아요. 내 마음에 들려면 옷, 그것도 아름다운 옷을 입어야 하고, 신발, 그것도 근사한 신발을 신어야 하고, 지갑 속에 돈도 두둑해야 하고, 카말라에게 줄 선물도 챙겨 와야 해요. 아시겠어요, 숲에서 온 사문이여? 이제 알 아들으셨나요?"

"잘 알아들었습니다." 싯다르타가 소리쳤다. "이렇게 어여쁜 입에서 나오는 말을 어찌 명심하지 않을 수 있겠소! 당신의 입술은 막 터진 무화과 열매 같아요, 카말라. 나의 입술도 붉고 신선하니 당신 입술과 잘 어울릴 겁니다. 그건 당신도 곧 알게 되겠지요. 그런데 아름다운 카말라, 당신은 사랑을 배우고자 찾아온 이 사문이 두렵지 않소?"

"내가 왜 사문을 두려워해야 하죠? 그것도 자칼의 무리에서 나와, 여자에 대해 아는 것이라고는 전혀 없는 어리숙한 사문을?"

"아뇨, 당신 앞에 있는 사문은 강하고 어떤 것도 두려워하지 않아요. 마음만 먹으면 아리따운 당신을 한순간에 굴복시킬 수 있어요. 당신을 강탈할 수 있고, 당신을 아프게 할 수도 있어요."

"사문이여, 난 그런 건 두려워하지 않아요. 혹시 사문이나 바라문 중에, 누군가 찾아와서 자신을 제압한 뒤 학식과 신앙심, 깨달음을 빼앗아갈까 두려워하는 사람이 있나요? 없겠죠. 왜냐하면 그런 것들은 오직 자기만의 것이기 때문이죠. 따라서 자신이 원하는 것만, 그것도 원하는 사람에게만 내어줄 수 있을 뿐이에요. 그건 카말라도 마찬가지고, 사랑의 기쁨도 마찬가지예요. 카말라의 입술은 아름답고 붉어요. 만일 당신이 카말라의 뜻을 거스르고 강제로 키스한다면 그렇게 다디단 입술에서 단 한 방울의 달콤함도 얻지 못할 거예요! 싯다르타, 당신은 잘 배우는 사람이니 이것도 배우도록 하세요. 사랑은 가끔 애원해서 얻거나, 돈으로 사거나, 선물로 받거나, 길거리에서 찾을 수도 있지만, 결코 강탈할 수는 없어요. 당신은 잘못된 길을 생각해낸 거예요. 당신같이 멋진 젊은이가 그런 잘못된 방식으로 사랑을 취하려고 한다면 정말 안타까운 일이죠."

싯다르타는 미소를 지으며 허리를 숙였다. "그렇군요, 카말라. 당신 말이 백번 지당합니다! 그런 일이 생기면 정말 안타까울 겁니다. 절대 안 될 일이죠. 나는 당신 입에서 흘러나오는 달콤함을 한 방울도 놓치고 싶지 않고, 당신도 내 입에서 흘러나오는 달콤함을 한 방울도 놓쳐서는 안 되니까요! 그렇다면 이렇게 합시다. 이 싯다르타는 지금 자신에게 없는 것, 그러니까 옷과 신발, 돈을 챙겨서 다시 찾아오겠습니다. 그러니 아름다운 카말라여, 내게 작은 조언을 하나 더 해줄 수 있겠소?"

"조언요? 왜 안 되겠어요? 숲속 자칼의 무리를 떠나온 가난하고 세상물정 모르는 사문에게 누가 조언을 마다하겠어요?"

"사랑하는 카말라, 그럼 어디로 가야 당신이 말한 세 가지를 가장 빨리 얻을 수 있는지 알려주시오."

"친구여, 많은 이들이 그걸 알고 싶어 해요. 일단 당신이 그동안 배운 것을 행하고, 그 대가로 돈과 옷과 신발을 얻어야 해요. 가난한 사람은 그런 방법 말고는 돈을 벌 수 없어요. 당신은 무엇을 할 수 있죠?"

"나는 사색할 줄 알고, 기다릴 줄 알고, 단식할 줄 알아요."

"다른 것은요?"

"없어요. 아, 있어요. 시를 지을 줄 압니다. 내가 시 한 수를 지어주면 내게 입을 맞춰줄 수 있겠소?"

"시가 마음에 들면요. 시의 제목이 뭐죠?"

싯다르타는 잠시 생각에 잠기더니 이런 시를 읊었다.

"아름다운 카말라가

짙은 녹음이 드리워진 장원에 들어설 때

입구에 서 있던 구릿빛 피부의 사문이

활짝 핀 연꽃 같은 그녀에게

깊이 허리 숙여 인사하고

카말라도 미소로 화답하네.

순간 젊은이의 머릿속에 떠오른 생각이 있었으니,

여러 신께 제사를 올리느니

아름다운 카말라를 섬기는 게

한결 낫지 않으리!"

카말라는 금팔찌가 짤랑짤랑 울릴 정도로 크게 손뼉을 쳤다.

"구릿빛 사문이여, 참 아름다운 시군요. 그 대가로 당신에게 입맞춤을 한다고 해도 하나도 아까울 게 없어요."

카말라가 눈짓으로 그를 가까이 오게 했다. 싯다르타는 그녀의 얼굴로 고개를 숙여 막 터진 무화과 열매 같은 입술에다 살포시 자신의 입술을 포갰다. 카말라는 오랫동안 키스했다. 싯다르타는 그녀가 자신을 어떻게 가르치는지, 얼마나 영리한지, 자신을 어떻게 장악하는지, 자신을 어떻게 밀어냈다가 다시 끌어당기는지, 또 첫 입맞춤 이후의 본격적인 키스는 얼마나 정연하고 능란한지를 느끼며 마음속 깊이 경탄을 금치 못했다. 긴 키스는 그때그때마다 색깔이 달랐다. 마침내 그는 숨을 깊이 내쉬며 가만히 서서, 이토록 소중한 지식과 배울 것이 눈앞에 무수히 널려 있음을 보고 어린아이처럼 놀라워했다.

"당신의 시는 무척 아름다웠어요." 카말라가 소리쳤다. "내가 부자라면 당신에게 흔쾌히 금화를 내주었을 거예요. 하지만 시로는 당신이 필요한 만큼 돈을 벌기 어려워요. 카말라의 남자가 되려면 그보다 훨씬 많은 돈이 필요해요."

"당신은 키스를 얼마나 잘하는지 몰라요, 카말라!" 싯다르타가 더듬거리며 말했다.

"알아요. 무척 잘하죠. 그 덕분에 옷이나 신발, 팔찌 같은 값비싼 물건이 떨어지지를 않죠. 당신은 무엇으로 돈을 벌려고 해요? 사색하고 단식하고 시를 짓는 것 말고는 할 줄 아는 게 없나요?"

"제의祭儀의 노래를 부를 줄 알아요. 하지만 다시는 부르지 않을 겁니다. 마법의 주문도 욀 수 있지만 외지 않을 생각이고, 경전도 읽을 수 있지만…."

"잠깐." 카말라가 싯다르타의 말을 끊었다. "글을 읽을 줄 알아요? 쓸 수도 있고요?"

"물론 할 수 있죠. 글을 아는 게 특별한 일은 아닙니다."

"대부분의 사람은 글을 읽고 쓸 줄 몰라요. 나도 그렇고요. 읽고 쓰는 능력이 있다니 잘됐어요, 아주 잘됐어요. 주문도 써먹을 데가 있을 거예요."

그때였다. 하녀가 급하게 달려오더니 여주인의 귀에다 뭐라고 속삭였다.

"손님이 왔어요." 카말라가 소리쳤다. "어서 가세요, 싯다르타.

당신이 여기 있는 건 누구한테도 들켜선 안 돼요. 명심하세요! 우린 내일 다시 보기로 해요."

그러고는 하녀에게 지시하길, 이 경건한 바라문에게 흰 겉옷을 하나 챙겨주라고 했다. 싯다르타는 영문도 모른 채 하녀의 손에 이끌려 이리저리 길을 돌아 정원 별채에 이르렀고, 겉옷을 받고는 울창한 덤불로 안내받았다. 여기서부터는 누구의 눈에 띄지 않고 혼자서 곧장 장원을 떠나달라는 신신당부가 있었다.

싯다르타는 입맞춤의 여운이 아직 가시지 않은 상태로 하녀의 지시를 흔쾌히 따랐다. 원래 숲에 익숙해 있던 터라 소리 없이 덤불을 지나 울타리를 넘는 것은 일도 아니었다. 그는 돌돌 만 옷을 옆구리에 끼고 흐뭇한 심정으로 시내로 돌아갔다. 이어 여행객들이 묵는 한 여관 앞에 서서 묵묵히 먹을 것을 청했고, 묵묵히 떡 한 조각을 받았다. 그러면서 내일부터는 누구에게도 먹을 것을 구걸하지 않으리라 다짐했다.

그의 마음속에서 갑자기 자부심이 타올랐다. 그는 더 이상 사문이 아니었다. 그런 사람에게는 구걸이 어울리지 않았다. 그는 떡을 길거리 개에게 던져주고는 나머지 시간을 먹지 않고 보냈다.

'이 세계는 사는 게 참 단순해.' 싯다르타는 생각했다. '어려울 게 없어. 사문이었을 때는 모든 게 어렵고 힘들고 절망적이었지. 지금은 모든 게 쉬워. 카말라에게 배운 입맞춤만큼이나. 지금 필요한 건 옷과 돈이야. 그 밖에 필요한 건 없어. 이건 손쉽고 하찮은 목표라 잠을 이루지 못할 일이 없어.'

싯다르타는 이미 카말라의 시내 집이 어디 있는지 알아봐둔 터라 다음날 바로 그리로 찾아갔다.

"일이 잘 풀려가고 있어요!" 그녀가 그를 향해 소리쳤다. "카마스와미가 당신을 보자고 해요. 이 도시에서 가장 부유한 상인이에요. 당신이 마음에 들면 바로 쓸 모양인가 봐요. 영리하게 행동하세요, 구릿빛 사문이여. 내가 인편으로 당신 이야기를 해뒀으니까 잘 보이도록 하세요. 막강한 힘을 가진 사람이에요. 그렇다고 너무 굽실거리지는 말아요! 나는 당신이 그 사람의 하인이 되는 건 원치 않아요. 그 사람과 대등한 사람이 되세요. 그렇지 않으면 난 실망할 거예요. 카마스와미는 이제 나이가 들어 편하게 여생을 보내고자 해요. 당신이 마음에 들면 많은 일을 맡길 거예요."

싯다르타는 그녀에게 감사 인사를 하고 웃었다. 카말라는 그가 어제와 오늘 아무것도 먹지 않은 것을 알고는 빵과 과일을 가져오게 해서 대접했다.

"당신은 운이 좋아요." 헤어질 때 그녀가 말했다. "당신 앞에 문이 하나씩 열리고 있어요. 어떻게 이런 일이 가능하죠? 당신이 마법이라도 부리는 건가요?"

싯다르타가 말했다. "어제 나는 당신한테, 내가 사색하고 기다리고 단식할 줄 아는 능력이 있다고 했죠. 당신은 그걸 아무 쓸데없는 능력이라고 생각했어요. 하지만 아니에요. 꽤 쓸모가 있어요. 카말라 당신도 그걸 곧 보게 될 겁니다. 사문들은 숲속에 사는 세상물정 모르는 어리숙한 인간들이지만, 당신들이 못하는 많은 근사한 일을 배우고 할 수 있어요. 당신도 그걸 직접 보게 될 겁니다. 생각해봐요. 그제만 해도 나는 수염이 덥수룩한 거지에 불과했지만, 어제 벌써 카말라 당신과 키스를 했고, 앞으로는 상인이 되어 돈을 비롯해 당신이 귀히 여기는 모든 것을 갖게 될 겁니다."

"아마 그러겠죠." 그녀가 싯다르타의 말에 동의했다. "하지만 내가 없다면요? 이 카말라가 도와주지 않았다면 어떻게 되었을까요?"

순간 싯다르타는 허리를 꼿꼿이 세웠다. "사랑하는 카말라, 내가 당신의 장원에 들어온 것은 이 세상을 향한 나의 첫 발걸음이었고, 이 절세 미녀에게 사랑을 배우겠다고 마음먹은 것은 이 세상에서 나의 첫 결심이었죠. 그런데 결심한 순간부터 나는 목표가 이루어질 것임을 이미 알고 있었어요. 당신이 나를 도와주리라는 것도요. 그건 장원 입구에서 당신과 처음 눈이 마주쳤을 때 이미 알아차렸어요."

"만일 내가 도울 마음이 없었다면요?"

"아니, 당신은 도우려고 했어요. 들어봐요, 카말라. 만일 당신이 돌멩이를 물속에 던지면 돌멩이는 바로 바닥에 가라앉아요. 싯다르타가 목표를 세우고 결심하는 것도 그와 비슷해요. 싯다르타는 아무것도 하지 않아요. 그저 기다리고 사색하고 단식할 뿐이죠. 그런데도 목표와 결심은 물속의 돌멩이처럼 세상의 사물들을 관통해요. 손가락 하나 움직이지 않고, 아무것도 하지 않는데도 말이에요. 싯다르타는 끄는 대로 끌려가고, 떨어지면 떨어지게 내버려둬요. 그러다 보면 목표 자체가 알아서 그를 잡아당기죠. 목표에 방해가 되는 것은 무엇이든 아예 자기 마음속에 들이지 않으니까요. 이게 싯다르타가 사문들에게 배운 것입니다. 어리석은 자들은 이를 마법이라 부르고, 마귀들이 일으키는 일이라고 해요. 그러나 마귀의 조화란 없어요. 마귀 자체가 없으니까. 누구든 사색할 줄 알고 기다릴 줄 알고 단식할 줄 알면, 그런 마법을 부릴 수 있고 목표에 다다를 수 있습니다."

카말라는 싯다르타의 말에 귀를 기울였고, 그의 목소리와 눈길을 사랑했다.

그녀가 나직이 말했다. "그래요, 당신 말이 맞을지도 모르겠어요. 하지만 싯다르타가 멋있는 남자라서, 여인들이 그의 눈길을 좋아해서 그런 행운이 찾아오는 건지도 모르죠."

싯다르타는 카말라에게 작별의 입맞춤을 했다. "오, 나의 스승이여, 나의 눈길이 언제까지나 그대 마음에 들었으면 좋겠고, 당신으로 인해 내게 영원히 행운이 찾아왔으면 좋겠소!"

어린아이 같은 사람들 곁에서

상인 카마스와미를 찾아간 싯다르타는 으리으리한 집 안으로 안내받았다. 하인들은 고급 양탄자가 깔린 복도를 지나 어느 방으로 안내했고, 거기서 그는 집주인을 기다렸다.

카마스와미가 들어왔다. 백발에 가까운 머리, 날렵하고 유연한 몸, 영리하고 신중한 눈, 탐욕스러운 입을 가진 남자였다. 주인과 손님은 다정하게 인사를 나누었다.

상인이 입을 열었다. "듣기로는 당신은 바라문 출신의 학자인데, 상인에게서 일자리를 구한다고 하더군요. 바라문이여, 여기서 일자리를 찾을 정도로 궁핍한가요?"

"그렇지 않습니다." 싯다르타가 대답했다. "나는 궁핍하지 않고, 궁핍한 적도 없습니다. 오랜 기간 사문들과 함께 지내다가 그 생활을 접고 온 것뿐입니다."

"사문들과 같이 살다가 온 거라면 어찌 궁핍하지 않을 수 있지요? 사문은 아무것도 가진 게 없는 사람들 아닙니까?"

"그런 뜻으로 말씀하신 거라면 나는 가진 게 없습니다. 아무것도 소유한 게 없는 사람이 맞지요. 하지만 자발적으로 택한 것이니 궁핍하다고 할 수 없지요."

"하지만 가진 게 없다면 앞으로 무엇으로 먹고살 생각입니까?"

"그 문제는 아직 생각해보지 않았습니다, 주인장. 나는 삼 년 넘게 가진 것 없이 살아왔습니다. 무엇으로 먹고살아야 할지 생각해본 적이 없습니다."

"그렇다면 당신은 남이 가진 것으로 살아왔군요."

"그렇게도 말할 수 있겠군요. 하지만 사실 상인도 남이 가진 걸로 살아가고 있지 않나요?"

"맞는 말입니다. 하지만 상인은 남의 것을 거저 얻지는 않습니다. 그 대가로 자신의 물건을 내주지요."

"정말 다들 그런 것 같더군요. 누구 할 것 없이 자기 것을 내주고 남의 것을 받으니까요. 속세의 삶이란 게 그렇더군요."

"실례되는 질문일지 모르지만, 당신은 가진 것이 없는데 뭘 내주려고 하죠?"

"누구나 자신이 가진 걸 내주는 법이지요. 전사는 힘을, 상인은 물건을, 스승은 가르침을, 농부는 쌀을, 어부는 물고기를 내줍니다."

"정말 그렇군요. 그럼 당신은 지금 뭘 내줄 수 있나요? 뭘 배웠고, 뭘 할 수 있죠?"

"나는 사색할 줄 압니다. 기다릴 줄도 알고 단식할 줄도 압니다."

"그게 전부라고요?"

"예, 그게 전부입니다!"

"그런 것들이 어디에 쓸모가 있죠? 예를 들면 단식 말입니다. 단식은 대체 무슨 쓸모가 있죠?"

"단식은 여러모로 좋습니다, 주인장. 먹을 것이 없을 때 우리가 할 수 있는 가장 현명한 방법은 굶는 겁니다. 예를 들어 이 싯다르타가 만일 단식할 줄 몰랐다면 오늘 같은 날 당신이든 누구든 찾아가 비굴하게 일자리를 구걸했겠지요. 배고픔을 이기는 장사는 없으니까요. 하지만 싯다르타는 이렇고 차분히 기다릴 수 있고, 조급함을 모르고, 궁핍도 모르고, 굶주림의 공격에도 아무 일 없다는 듯 웃을 수 있습니다. 단식은 그런 데 도움이 되지요, 주인장."

"당신 말이 맞군요, 사문 양반. 잠깐만 기다리세요."

카마스와미는 방에서 나가 두루마리 문서를 하나 가져오더니 손님에게 내밀며 물었다. "이걸 읽을 수 있겠소?"

싯다르타는 매매계약이 적혀 있는 두루마리 문서를 살펴보고는 내용을 낭송했다.

"훌륭합니다." 카마스와미가 말했다. "이번에는 이 종이에다 나한테 해주고 싶은 말을 몇 마디 적어보시겠소?"

그는 싯다르타에게 종이 한 장과 석필을 건넸고, 싯다르타는 종이에다 글을 적어 돌려주었다.

카마스와미가 소리 내어 읽었다. "글쓰기도 좋지만 사색은 더 좋고, 지혜도 좋지만 인내는 더 좋다."

"글을 기가 막히게 잘 쓰시는구려." 상인이 칭찬했다. "앞으로 나눠야 할 이야기가 많은 듯하니 오늘은 이 집에 손님으로 머물러주시지요."

싯다르타는 고마워하며 그 제안을 받아들였다. 이렇게 해서 그는 상인의 집에 잠시 기거하게 되었다. 옷과 신발을 받았고, 하인이 매일 목욕물을 준비해주었다. 하루에 두 번 푸짐한 식사가 나왔지만, 싯다르타는 한 끼만 먹었고 고기나 술은 입에 대지 않았다. 카마스와미는 그에게 자신의 사업에 관해 이야기했고, 상품과 창고를 보여주었으며, 계산서도 내보였다. 싯다르타는 많은 것을 새로 배우고 많은 이야기를 들었지만, 말은 아꼈다. 게다가 카말라의 말을 떠올리며 상인에게 결코 비굴한 태도를 보이지 않았고, 오히려 상인이 자신을 대등하게, 아니 그 이상으로 대우하도록 만들었다. 카마스와미는 꼼꼼하면서도 열정적으로 사업을 해나갔지만, 싯다르타는 이 모든 걸 일종의 놀이로 여겼고, 놀이 규칙을 정확하게 배우려고 애쓰기는 했지만 그 내용에 마음이 움직이지는 않았다.

싯다르타는 카마스와미의 집에 들어온 지 얼마 되지 않아 집주인의 사업에 참여하기 시작했다. 하지만 카말라가 미리 일러준 시간이 되면 멋진 옷을 입고 근사한 신발을 신고 그녀를 찾아갔다. 심지어 얼마 뒤에는 선물도 갖고 갈 수 있게 되었다. 그녀의 붉고 영리한 입은 그에게 많은 것을 가르쳐주었다. 그건 그녀의 부드럽고 유연한 손도 마찬가지였다. 그는 사랑에서는 아직 어린아이였고, 끝 모를 쾌락의 심연으로 뛰어들 듯 만족을 모른 채 맹목적으로 쾌락에 빠져들었다. 그런 그에게 카말라는, 쾌락은 주지 않고 받을 수 없고, 모든 몸짓과 애무, 접촉, 시선뿐 아니라 아무리 하찮은 부위에도 그것을 깨울 줄 아는 자에게만 행복을 가져다주는 나름의 비밀이 숨어 있음을 기초부터 알려주었다. 또한 연인들은 사랑의 향연이 끝난 뒤 서로에게 감탄하지 않고, 서로 정복했거나 정복당했다는 느낌 없이 헤어져서는 안 된다고 가르쳤다. 그리 되면 둘 중 한 사람에게 포만감이나 허전한 마음이 생겨나, 어느 한쪽이 성적으로 학대했거나 학대당했다는 나쁜 감정을 가지고 헤어지게 된다는 것이다. 싯다르타는 이 아름답고 영리한 사랑의 예술가와 황홀한 시간을 보냈다. 그는 그녀의 제자가 되었고, 연인이자 친구가 되었다. 지금 그에게 현재적 삶의 가치와 의미는 오직 이 카말라에게 있었지, 카마스와미의 사업에 있지 않았다.

상인은 중요한 편지와 계약서 쓰는 일을 싯다르타에게 맡겼을 뿐 아니라 모든 중요한 사안을 그와 상의하는 데 점차 익숙해졌다. 카마스와미는 싯다르타가 쌀과 양모, 항해와 무역에 대해서는 아는 것이 별로 없지만 그의 손이 행운을 가져다주는 손이고, 평정심과 차분함, 그리고 타인의 말을 귀 담아 듣고 타인의 마음을 꿰뚫어보는 능력에서는 자신을 훨씬 앞선다는 사실을 곧 깨닫게 되었다. 그가 한 친구에게 말했다.

"이 바라문은 진정한 상인이 아닐세. 진정한 상인이 될 수도 없을 거고. 사업에 열정이나 마음이 없거든. 그런데도 별자리 운세가 좋은지, 마법을 부리는지, 아니면 사문들에게 배운 뭔가가 있는지, 저절로 성공을 부르는 신비한 능력이 있네. 그 친구는 사업을 그저 놀이로 생각하는 듯해. 진지하게 사업을 하려는 마음이 추호도 없고, 사업에 완전히 빠지지도 않고, 실패를 두려워하거나 손실을 걱정하는 일도 없어."

그러자 친구가 상인에게 이렇게 충고했다. "그 친구한테 이래 보게. 자네를 대신해서 하는 사업에서 이익이 나면 그것의 3분의 1을 주고, 손해가 나면 그것의 3분의 1을 변상하도록 하겠다고. 그러면 좀 더 열의를 보이지 않겠나?"

카마스와미는 친구의 충고를 따랐다. 그러나 싯다르타는 별로 신경을 쓰지 않았다. 이익이 나면 담담하게 받아들였고, 손해가 나면 웃으며 말했다. "허허, 이번엔 일이 잘 안됐네!"

실제로 그는 사업이야 이래도 좋고 저래도 좋다는 식이었다. 한번은 수확기에 쌀을 대량으로 구매하려고 어느 마을을 찾았다. 그런데 그가 도착했을 때 쌀은 이미 다른 상인에게 모두 팔린 뒤였다. 그런데도 싯다르타는 마을에 며칠 머물며 농부들을 대접했고, 농부의 아이들에게 동전을 나누어줬으며, 결혼식에 참석해 함께 축하하기도 했다. 그러고는 아주 만족해서 돌아왔다. 카마스와미는 싯다르타가 바로 돌아오지 않고 시간과 돈을 허비한 것을 비난했다. 그러자 싯다르타는 대답했다. "그만하세요, 친구! 지난 일을 책망한다고 해서 안 될 일이 되지는 않아요. 손해가 났다면 내가 부담하겠어요. 나는 이번 여행에 아주 만족해요. 여러 사람을 만났고, 한 바라문은 나의 친구가 되었으며, 아이들은 내 무릎에 올라와 놀았고, 농부들은 자기 들판을 보여주었어요. 아무도 나를 장사꾼으로 보지 않았어요."

"거참 대단한 일을 하셨네." 카마스와미가 못마땅하게 소리쳤다. "당신이 장사꾼이라는 걸 잊지 말아요! 당신 혼자의 즐거움을 위해 거기 간 게 아니지 않소!"

"아뇨, 그게 맞습니다." 싯다르타가 웃었다. "내 즐거움을 위해 갔지요. 그게 아니라면 거길 왜 갔겠습니까? 여행 중에 나는 많은 사람을 만났고, 여러 지역을 알게 되었으며, 호의와 신의를 즐겼고, 새로운 우정을 찾았어요. 이봐요, 주인장, 만일 그게 내가 아니고 카마스와미 당신이었다면 쌀을 구매하려는 계획이 무산된 것을 알게 된 즉시 잔뜩 화가 나서 급히 돌아왔을 테고, 그랬다면 정말 시간과 돈을 잃어버렸을 겁니다. 하지만 나는 며칠 즐거운 시간을 보냈고, 무언가를 배웠고, 기쁨을 누렸습니다. 게다가 분노와 조급함으로 나 자신에게든 남에게든 해를 입히지 않았어요. 훗날 언젠가 다시 수확물을 사려고, 아니면 다른 일로 그곳을 찾게 되면 그곳 사람들은 나를 다정하고 반갑게 맞아줄 겁니다. 그러면 내가 예전에 화를 내며 성급하게 돌아서지 않은 걸 잘했다고 스스로 뿌듯해하겠죠. 그러니 이 문제는 이 정도로 해둡시다, 친구. 나를 책망함으로써 스스로를 해치지 마세요! 다만 언제라도 저 싯다르타라는 친구가 나한테 해가 된다 싶으면 한마디만 하세요. 그러면 싯다르타는 자기 길을 갈 겁니다. 그때까지는 서로 만족하며 삽시다."

상인은 싯다르타가 바로 자신, 그러니까 카마스와미의 빵으로 먹고산다는 사실을 일깨우려 했지만, 씨알도 먹히지 않았다. 싯다르타는 자기 빵으로 먹고산다고 잘라 말했다. 아니, 두 사람 모두 어쩌면 남의 빵으로, 모두의 빵으로 먹고사는지도 모른다고 했다. 싯다르타는 카마스와미가 사업 걱정을 해도 귀를 기울이는 법이 없었다. 사실 카마스와미는 걱정이 많았다. 진행 중인 사업이 실패에 빠질 위험이 있거나, 발송한 물품이 분실된 것 같거나, 채무자가 빚을 제대로 갚지 못하면 어쩌나 하는 걱정이었다. 그럴 때면 당연히 같이 일하는 싯다르타도 이마에 주름을 잡으며 걱정하거나 화를 내거나, 아니면 밤잠을 이루지 못하는 척이라도 해야 하는 것 아니냐고 말했지만, 싯다르타는 들은 체도 하지 않았다. 한번은 카마스와미가 싯다르타가 알고 있는 게 모두 자기한테 배운 것이 아니냐고 따지자, 그는 이렇게 대꾸했다.

"제발 그런 말도 안 되는 소리로 나를 우롱하려고 하지 마세요! 내가 당신한테 배운 건 생선 한 바구니 값이 얼마고, 빌려준 돈에 대해 이자를 얼마나 받을 수 있느냐 하는 겁니다. 그거야 물론 당신이 전문가니까 잘 알겠죠. 하지만 사색하는 건 당신한테 배우지 않았어요. 그건 나한테 배우는 게 좋아요."

사실 싯다르타의 진심은 장사에 있지 않았다. 그에게 장사는 그저 카말라에게 가져다줄 돈을 벌어주는 수단일 뿐이었고, 실제로 필요한 것보다 훨씬 많은 돈을 벌게 해주었다. 싯다르타의 관심과 호기심은 오직 사람들에게로 향해 있었다. 그들의 돈벌이와 기술, 근심, 즐거움, 어리석음은 예전의 그에겐 마치 달나라처럼 생경하고 멀게 느껴졌지만, 지금의 그에게는 모든 사람과 대화를 나누고, 함께 살아가고, 그들에게서 배우는 일이 한결 쉽게 느껴졌다. 그럼에도 싯다르타는 자신과 그들 사이를 가르는 무언가가 있음을 알아차렸고, 그게 사문의 정신임을 간파했다. 세상 사람들은 어린아이나 동물 같은 방식으로 살아가고 있었다. 그는 그런 삶의 방식을 사랑하는 동시에 경멸했다. 사람들은 그가 보기에 정말 아무 가치 없어 보이는 것들, 그러니까 돈과 사소한 즐거움, 하찮은 명예 같은 것을 위해 평생 뼈 빠지게 고생하고 고통받고 늙어갔으며, 걸핏하면 서로를 탓하거나 욕하고, 사문이라면 비웃을 고통으로 몸부림치고, 사문이라면 풍족하다고 느낄 궁핍에도 하소연을 늘어놓았다.

그는 세상 사람들이 자신에게 가져오는 모든 것을 열린 마음으로 받아들였다. 아마천을 팔러 온 상인이든, 돈을 꾸러 온 사람이든, 실제론 사문의 반도 가난하지 않으면서 자신이 얼마나 가난한

지 장시간 신세 한탄을 늘어놓는 거지든 모두 환영했다. 게다가 외국에서 온 부유한 상인이라고 해서 자신의 수염을 깎아주는 하인이나, 한 푼이라도 더 벌려고 속임수를 쓰는 길거리 바나나 장수와 다르게 대하지 않았다. 카마스와미가 찾아와 걱정을 털어놓거나 사업상의 일로 비난해도 싯다르타는 호기심 어린 표정으로 즐겁게 경청했고, 그에게 의아함을 표하거나 그를 이해하려고 했으며, 어쩔 수 없는 경우에는 그가 다소 옳다고 인정해주기도 했다. 그러다가도 자기를 만나고 싶어 하는 다음 사람이 있으면 금방 카마스와미에게서 등을 돌렸다. 이렇듯 많은 사람이 싯다르타를 찾아왔다. 누군가는 흥정을 하려고, 누군가는 속여먹으려고, 누군가는 마음을 떠보려고, 누군가는 동정을 얻으려고, 누군가는 조언을 구하러왔다. 그러면 그는 누구에게든 조언하고, 동정하고, 베풀고, 약간은 속아주었다. 그는 세상 모든 사람이 벌이는 이 놀이와 열정에 온통 정신을 빼앗겼다. 그 옛날 신들과 브라흐만에 그랬던 것처럼.

이따금 그는 가슴 깊은 곳에서 거의 알아들을 수 없을 만큼 다 죽어가는 목소리를 들었다. 그에게 나직이 경고하고 호소하는 내용이었다. 그럴 때면 자신이 지금 이상하게 살고 있고, 단순히 놀이일 뿐인 일만 하고 있고, 가끔 명랑하고 즐거운 순간도 있지만 본래의 삶은 자신과 상관없이 저 멀리 지나가고 있음을 한 시진 정도 의식하곤 했다. 그는 마치 공놀이를 하듯 장사를 하고 놀았고, 주변 사람들과 놀았으며, 그들을 지켜보고 그들에게서 재미를 찾았다. 거기엔 진실한 마음이나 존재의 원천은 없었다. 그 원천은 그에게서 멀리 달아나, 보이지 않는 곳에서 흘렀고, 그의 삶과는 이제 아무 관련이 없어 보였다. 그는 이런 생각을 하다가 몇 번 화들짝 놀랐다. 그럴 때면 자신도 저 어린아이 같은 인간들 틈에 끼어 유치한 일에 열성과 진심을 다하고, 지금의 방관자 위치에서 벗어나 저들처럼 아무렇지도 않게 살아가고 행동하고 즐길 수 있으면 얼마나 좋을까 하는 소망을 품곤 했다.

그럼에도 번번이 아름다운 카말라를 찾아가 사랑의 기술을 배웠고, 다른 어떤 분야보다 서로 주고받음으로써 하나가 되는 쾌락의 의식儀式을 익혔으며, 그녀와 정담을 나누고, 그녀에게 가르침을 받고, 그녀에게 충고를 해주거나 충고를 받았다. 그녀는 이전의 고빈다보다 그를 더 잘 이해하고 더 닮았다.

한번은 싯다르타가 그녀에게 말했다. "당신은 나하고 비슷해. 대부분의 사람과 달라. 당신은 다른 누구도 아닌 카말라야. 당신 안에는 당신이 언제든 들어가 집처럼 쉴 수 있는 고요한 안식처가 있어. 내가 그런 것처럼. 그런 안식처는 누구나 가질 수 있지만, 실제로 가진 사람은 몇 안 돼."

"모든 사람이 똑똑하지는 않아." 카말라가 말했다.

"똑똑함의 문제가 아냐, 카말라. 카마스와미는 나만큼 영리하지만, 마음속에 안식처가 없어. 반면에 머리가 어린아이 수준인데도 자기 속에 안식처를 가진 사람이 있어. 카말라, 대부분의 사람은 떨어지는 나뭇잎 같아. 바람이 불면 나무에서 흔들리고, 그러다 떨어져 공중에서 빙그르르 돌다가 비틀비틀 바닥에 가라앉지. 물론 드물긴 해도 하늘의 별 같은 사람도 있어. 확고한 궤도를 따라 움직이고, 어떤 바람에도 흔들리지 않고, 자기 속에 자기만의 법칙과 궤도를 가진 사람들이지. 내가 아는 수많은 학자와 사문들 중에 그런 완벽한 사람은 딱 하나 있었어. 지금도 잊을 수 없어. 바로 세존 고타마야. 자신의 깨달음을 대중에게 전파하시는 분이지. 수천 명의 제자들이 매일 그분의 가르침을 듣고, 매순간 그분의 계율대로 살아. 하지만 그들 역시 떨어지는 나뭇잎에 지나지 않아. 자기 속에 자기만의 깨달음과 계율을 갖고 있지 않거든."

카말라는 미소를 지으며 그를 바라보았다. "또 그 이야기네. 당신 머릿속에는 사문 생각이 떠나지 않나 봐."

싯다르타는 말이 없었다. 이어 두 사람은 사랑의 유희를 즐겼다. 카말라가 알고 있는 서른에서 마흔 가지 기술 중 하나였다. 그녀의 몸이 재규어의 몸이나 사냥꾼의 활처럼 유연하게 휘었다. 그녀에게서 사랑을 배운 사람은 수많은 쾌락과 몸의 비밀을 알았다. 그녀는 싯다르타와 오랫동안 사랑했다. 어떤 때는 유혹하다가 어떤 때는 밀어냈고, 어떤 때는 꼼짝달싹 못하게 하다가 어떤 때는 부둥켜안았다. 그러고는 그가 완전히 기진맥진해서 자기 곁에 풀썩 쓰러질 때까지 그의 능란한 솜씨를 즐겼다.

고급 창부가 싯다르타에게로 몸을 굽히더니 그의 얼굴과 나른해진 눈을 한참 동안 들여다보았다.

"당신은 내가 지금껏 사랑을 나눈 사람 중에서 가장 멋진 남자야." 그녀는 생각에 잠긴 표정으로 말했다. "당신은 누구보다 강하고 유연하고 적극적이야. 내 기술도 잘 익혔고. 나이가 좀 더 들면 당신 아이를 갖고 싶어. 하지만 당신 마음속엔 늘 사문뿐이야. 당신은 나를 사랑하지 않아. 아니, 누구도 사랑하지 않아. 안 그래?"

"그럴지도." 싯다르타가 나른하게 말했다. "난 당신과 비슷해. 당신도 사랑할 수 없는 사람이야. 그렇지 않고서야 어떻게 사랑을 기술처럼 가르치고 기예처럼 할 수 있겠어? 우리 같은 인간은 사랑

할 수 없을 거야. 아무 생각이 없는 어린아이 같은 사람들이나 사랑
할 수 있어. 그게 세상 사람들의 비밀이지."

윤회

싯다르타는 세속과 쾌락의 삶을 오랫동안 영위했다. 물론 그렇다고 그 삶에 완전히 동화된 것은 아니었다. 다만 엄격한 사문 시절에 억눌렸던 감각들이 눈을 뜨면서 부와 육욕, 권력의 맛을 본 것뿐이었다. 그럼에도 그의 마음속에는 여전히 사문이 남아 있었다. 총명한 여인 카말라가 그것을 제대로 간파한 것이다. 싯다르타의 삶을 이끄는 것은 아직도 사색과 기다림, 단식이었다. 그에겐 어린아이 같은 이 세상 사람들이 여전히 낯설었다. 그들에게 그가 낯설듯이.

그렇게 여러 해가 흘렀다. 싯다르타는 안락한 삶에 젖어 세월이 가는 것도 거의 느끼지 못했다. 그는 이제 부자였고, 자신의 집과 하인을 소유했으며, 도시 교외 강변에 장원도 하나 장만했다. 사람들은 그를 좋아했고, 돈이나 조언이 필요하면 그를 찾았다. 그러나 그가 가까이 지낸 사람은 카말라뿐이었다.

그 옛날 청춘의 절정기에, 그러니까 고타마의 설법을 듣고 고빈다와 헤어진 뒤 그가 겪은 그 드높고 환한 깨어남, 설레던 기대, 스승이나 가르침 없이 혼자 헤쳐나가겠다던 긍지, 자기 속에서 신적인 목소리를 듣겠다던 담대함, 이 모든 것은 이제 옛 추억이 되고 말았다. 한때 그의 내면에서 용솟음쳐 올라 가까이서 흐르던 그 성스러운 원천도 이제 멀리서 나지막한 소리를 내며 흐를 뿐이었다. 물론 사문들과 고타마, 바라문인 아버지에게서 배운 것들 가운데 많은 것은 오랜 시간이 지난 지금에도 여전히 마음속에 남아 있었다. 절제된 삶, 사색의 기쁨, 침잠의 시간, 육신도 의식도 아닌 영원한 자아에 대한 비밀스러운 앎 같은 것들이었다. 그중 어떤 것은 여전히 그의 내면에 있었지만, 다른 것들은 하나둘 가라앉아 먼지로 덮여버렸다. 마치 처음엔 힘차게 돌던 도공의 물레가 오랫동안 돌고 돌다가 서서히 힘이 빠져 마침내 멈춰버리듯이 싯다르타의 영혼 속에서도 금욕의 바퀴, 사색의 바퀴, 분별의 바퀴는 지금도 계속 돌고 있었지만 속도가 느려지고 머뭇거리다가 결국 곧 멈춰버릴 것 같았다. 마치 말라 죽어가는 나무 그루터기 속으로 습기가 스며들어 서서히 그것을 채우고 썩게 하듯, 싯다르타의 영혼 속으로도 세속의 때와 나태함이 스며들어 서서히 그의 영혼을 채우고 무겁게 하고 지치게 하고 잠들게 했다. 반면에 생생하게 깨어난 그의 감각들은 여전히 많은 것을 배우고 많은 것을 경험했다.

싯다르타는 장사를 하고, 사람들에게 권력을 행사하고, 여자와 기쁨을 나누고, 근사한 옷을 입고, 하인에게 명령하고, 향기로운 물에서 목욕하는 법을 배웠다. 이제는 생선과 육류도 마다하지 않았고, 정성스레 준비한 요리를 먹었으며, 향신료와 단것을 즐겼고,

사람을 나태에 빠뜨리는 동시에 만사를 잊게 하는 포도주도 배웠다. 게다가 주사위 도박을 하고, 장기를 두고, 무희들의 춤을 감상하고, 느긋하게 가마를 타고, 푹신한 침대에서 자는 법도 배웠다. 물론 그런 와중에도 자신은 여전히 남들과 다르고 남들보다 우월하다고 느꼈다. 싯다르타는 늘 조롱 어린 눈으로 그들을 바라보았다. 사문들이 세속의 사람들을 바라볼 때 짓던 비웃음 섞인 경멸의 표정이었다. 카마스와미가 속상한 일이 있거나 화를 내거나 모욕감을 느끼거나 사업 걱정으로 들볶을 때도 싯다르타는 언제나 비웃는 눈길로 그를 바라보았다. 그러나 수확기와 우기가 몇 차례 지나면서 그런 비웃음은 점점 약해졌고, 우월감도 서서히 가라앉았다. 심지어 재산이 늘어나면서 싯다르타에게도 느리지만 세속인의 특성이 차츰 나타났다. 유치한 행동과 세속적인 걱정 같은 것들이었다. 그는 세속인들을 부러워하게 되었고, 그들을 닮아갈수록 부러움은 더욱 커져갔다. 그가 부러워한 것은 자신에게는 없지만 그들에게는 있는 한 가지였다. 삶에 의미를 부여할 줄 알고, 기쁨과 걱정 둘 다에 열심이고, 자신들이 몰두하는 일에 불안해하면서도 달콤한 행복을 누릴 줄 아는 능력이었다. 이들은 늘 자기 자신과 여자, 자식, 명예, 돈, 계획이나 희망과 사랑에 빠져 있었다. 싯다르타는 그들에게서 그런 어린애 같은 기쁨이나 어리석음은 배우지 못했다. 그가 배운 것은 자신이 과거에 경멸했던 그 불쾌감이었다. 그는 전날 저녁 사교 모임이 있으면 다음날 늦게까지 피곤에 절어 멍하니 침대에 누워 있는 일이 잦아졌다. 이제는 카마스와미가 와서 걱정을 털어놓으며 귀찮게 굴면 더는 참지 못하고 버럭 화를 내기도 하고, 주사위 도박에서 지면 터무니없이 크게 웃기도 했다. 그의 얼굴은 여전히 남들보다 더 똑똑하고 지적이었지만, 웃는 일은 거의 없었고, 대신 부자들의 얼굴에서 자주 나타나는, 불만스럽고 언짢아하고 못마땅하고 나태하고 몰인정한 표정이 하나둘 나타나기 시작했다. 부자들이 자주 걸리는 영혼의 병을 서서히 앓기 시작한 것이다.

피로감이 베일처럼, 옅은 안개처럼 싯다르타에게 시나브로 드리워지면서 날이 갈수록 더 두터워지고, 달이 갈수록 더 짙어지고, 해가 갈수록 더 무거워졌다. 마치 새 옷이 세월과 함께 낡고 바래고 얼룩지고 구겨지고, 솔기가 터져 여기저기 실밥이 드러나는 것처럼 고빈다와 헤어진 뒤로 시작된 싯다르타의 새로운 삶도 점점 낡아갔고, 해를 거듭할수록 색깔과 광택을 잃었으며, 여기저기 주름과 얼룩이 생겼고, 그러다 마침내 밑바닥에 도사리고 있던 환멸과 역겨움이 흉한 모습으로 빠끔 고개를 내밀었다. 그러나 싯다르타는 이 사실을 깨닫지 못했다. 그저 한때 자기 속에서 깨어나, 찬란한 시절에 이따금 자신을 인도하던 그 밝고 확고한 내면의 목소리가 이제는 침묵하고 있다는 사실만 알아차렸을 뿐이다.

그는 세속의 덫에 갇혀버렸다. 쾌락과 욕망, 나태함을 넘어 마지막엔 자신이 늘 가장 어리석은 악덕이라 경멸하고 조롱하던 소유욕에까지 사로잡혔다. 이제 재산과 부는 그에게 더는 놀이의 대상이나 허섭스레기 같은 것이 아니라 그를 옥죄는 쇠사슬과 짐이 되었다. 싯다르타는 이상하고 음험한 방식으로 그런 것들에 헛되고 저급한 예속 상태에 빠졌다. 바로 주사위 도박을 통해서였다. 사문이 되겠다는 생각을 마음에서 접은 이후 싯다르타는 예전 같으면 그저 웃으면서 건성으로 동참하던 이 세속인들의 놀이에 이제는 점점 더 광분해서 열정적으로 끼어들기 시작했다. 그는 상대에겐 두려운 노름꾼이었다. 노름판이 열리면 한 번에 어찌나 큰돈을 거는지, 그와 승부를 겨루려는 자는 몇 되지 않았다. 그는 공허한 마음을 달래려고 노름을 했다. 이 빌어먹을 돈을 노름으로 탕진하고 나면 속에서는 기쁨이 불같이 타올랐다. 상인들이 신처럼 떠받드는 부에 대한 경멸을 이보다 더 노골적이고 빈정거리듯이 드러낼 수는 없어 보였다. 따라서 그는 스스로를 증오하고 비웃으면서 엄청난 판돈을 스스럼없이 걸었고, 그 과정에서 수천 금을 따고 날리기도 했으며, 돈과 귀중품을 잃었고, 심지어 장원을 날렸다가 다시 되찾고 또다시 잃기도 했다. 싯다르타는 주사위를 던지거나 거액의 판돈을 걸 때의 그 가슴 졸이는 섬뜩한 불안을 사랑했고, 그 불안을 다시 맛보고, 더욱 고조시키고, 더욱 자극하려 애썼다. 오직 그런 감정 속에서야 권태롭고 미지근하고 맥 빠진 삶에서 무언가 행복이나 도취 같은 것, 고양된 삶과 비슷한 것을 맛볼 수 있었기 때문이다.

그는 도박으로 돈을 크게 날릴 때마다 다시 돈을 벌 궁리를 했고, 장사에 더욱 매진했으며, 채무자들을 더욱 혹독하게 몰아붙였다. 이유는 분명했다. 계속 노름을 하고 싶었고 계속 탕진하고 싶었고, 그로써 부에 대한 경멸감을 계속 내보이고 싶었기 때문이다. 싯다르타는 손실이 발생하면 평정심을 잃었고, 늑장부리는 채무자에게는 인내심을 잃었으며, 구걸하러 온 거지에게는 자비심을 잃었고, 돈이 필요한 사람에게 돈을 거저 나누어주는 기쁨도 잃었다. 한 판에 수만금을 잃고도 웃어넘기던 그가 이제 장사에 더 지독하고 치졸해졌으며, 심지어 가끔 돈에 대한 꿈까지 꾸게 되었다. 이런 흉측한 악몽에서 깨어날 때마다, 침실 벽의 거울에서 점점 늙고 추악해지는 자신의 얼굴을 볼 때마다, 그리고 수치심과 구역질이 밀려올 때마다 그는 계속 새로운 노름판으로, 육욕과 술의 마취 속으로 도망쳤다. 그러다 거기서 다시 깨어나면 돈을 벌고 축적하려는 욕망으로 되돌아갔다. 이러한 무의미한 악순환 속에서 그는 지치고 늙고 병들어갔다.

그러던 어느 날 그는 꿈에서 경고를 받았다. 아름다운 쾌락의 장원에서 카말라와 함께 있던 저녁 무렵이었다. 둘이 나무 밑에 앉아 담소를 나누고 있는데, 카말라가 슬픔과 피로가 밴 어조로 의미심장한 말을 했다. 그전에 그녀는 싯다르타에게 고타마에 대한 이야기를 해달라고 부탁했는데, 지극히 맑은 눈, 지극히 고요하고 아름다운 입, 지극히 인자한 미소, 지극히 평화로운 걸음걸이 등, 고타마에 관한 이야기는 아무리 들어도 질리지 않았다. 이리하여 싯다르타는 세존 붓다에 관한 이야기를 오랫동안 했다. 마침내 카말라가 한숨을 내쉬며 말했다.

"언젠가, 아니 얼마 안 있어 나도 붓다를 따를 생각이야. 그분께 나의 장원을 헌납하고, 그분의 가르침에 귀의하려고 해."

그런데 그녀는 이렇게 말하고 나서도 곧 싯다르타의 몸을 자극했고, 사랑의 유희를 나누던 중에 고통스러울 만큼 뜨겁게 그의 몸을 부둥켜안았다. 마치 이 허망하고 덧없는 쾌락에서 마지막 감미로운 한 방울까지 쥐어짜내려는 듯 그의 몸을 깨물고, 눈물을 흘리기도 했다. 싯다르타는 색욕이 죽음과 얼마나 유사한지 지금껏 이렇게 또렷이 느낀 적이 없었다. 사랑의 유희가 끝나자 싯다르타는 그녀 옆에 누웠다. 카말라의 얼굴이 바로 가까이 있었다. 그는 그녀의 눈 밑과 입가에서 예전엔 보지 못했던 불안한 신호를 선명하게 알아보았다. 삶의 가을과 늙음을 떠올리게 하는 가느다란 선과 희미한 고랑들이었다. 그건 사십대에 접어든 싯다르타도 마찬가지였다. 그의 검은 머리카락 사이로 벌써 여기저기 흰머리가 눈에 띄었다. 카말라의 아름다운 얼굴에는 즐거운 목표라고는 전혀 없는 삶의 긴 여정에서 오는 피로감이 배어 있었다. 청춘이 시들고 있다는 신호였다. 거기엔 아직 한 번도 입 밖에 낸 적이 없고 어쩌면 한 번도 의식하지 않았던 두려움이 숨겨져 있었다. 늙음과 삶의 가을, 다가올 죽음에 대한 두려움이었다. 싯다르타는 한숨을 내쉬며 그녀와 작별했다. 두려움을 숨기고 씁쓸함을 품은 채로.

그날 밤 싯다르타는 집에서 무희들과 술을 마셨고, 더 이상 그럴 처지가 아닌데도 같은 계층의 사람들보다 자신이 더 우월하다고 생각했다. 그는 술을 많이 마셨고, 자정이 지나서야 잠자리에 들었다. 지쳤지만 흥분한 상태였다. 금방이라도 절망감으로 울음이 터져나올 것 같았다. 그는 오랫동안 잠을 이루지 못했다. 더는 견디기 힘든 비통함과 역겨움이 가슴에 가득했다. 밋밋하고 고약한 술맛도 역겨웠고, 감미로우면서도 지루한 음악도 역겨웠으며, 무희들의 간드러진 미소도, 그들의 머리와 가슴에서 풍기는 달콤한 향기도 역겨웠다. 하지만 다른 무엇보다 역겨운 것은 자기 자신이었다. 향내 나는 머리, 입에서 나는 술 냄새, 탄력 잃은 피부의 피로와 불쾌한 신호, 이 모두가 역겨웠다. 싯다르타는 마치 너무 많이 먹고 마신 사람이 너무 고통스러워 모두 게워낸 뒤에야 안도하듯이, 이 엄청난 역겨움의 소용돌이 속에서 지금까지의 향락과 못된 습성, 무의미한 삶, 자기 자신을 모두 없애버렸으면 좋겠다고 생각했다.

아침 첫 햇살이 비치고 집 앞의 거리에서 하루 시작을 알리는 분주한 발소리가 들려올 무렵에야 그는 깜빡 잠이 들었고, 잠시 몽롱한 상태에 젖어 있다가 잠이 올 것 같은 예감이 들 때쯤 그 꿈을 꿨다.

새에 관한 꿈이었다. 카말라가 황금빛 새장에 넣고 키우는, 몸집이 작고 희귀한 새였다. 아침이면 늘 울던 새가 꿈에서 울지를 않았다. 이상한 생각에 새장으로 다가가 안을 들여다보니 작은 새는 죽은 채로 뻣뻣하게 바닥에 누워 있었다. 그는 새장에서 새를 꺼내 잠시 손바닥에 올려놓고 살펴보더니 그냥 휙 밖으로 던져버렸다. 그 순간이었다. 마치 죽은 새와 함께 자기 내면의 소중하고 좋은 것들까지 모두 버린 것 같은 느낌에 그는 소스라치게 놀라며 가슴이 찢어질 듯 아파왔다.

싯다르타는 화들짝 놀라 꿈에서 깼다. 깊은 슬픔이 밀려왔다. 지금까지 삶을 헛되고 무의미하게 흘려보낸 것 같은 느낌이 들었다. 이제 그에게 살아 있고 소중하고 간직할 만한 것은 아무것도 남아 있지 않았다. 그는 자신이 마치 바닷가에 외롭고 허망하게 서 있는 조난자 같았다.

싯다르타는 울적한 심정으로 자신의 장원으로 가서, 대문을 걸어 잠그고 망고나무 아래 앉았다. 마음속으로 죽음과 공포를 느꼈다. 자기 안에서 무언가가 죽고 시들고, 종말을 향해 나아가는 것이 느껴졌다. 그는 서서히 정신을 가다듬어, 기억나는 첫날부터 지금까지의 삶을 머릿속으로 더듬어보았다. 아, 행복과 진정한 기쁨을 맛본 것이 언제였던가? 과거엔 그런 적이 몇 번 있었다. 소년기에 바라문들에게 칭찬을 받았을 때, 또래 친구들보다 훨씬 먼저 경전을 암송하고 학자들과의 토론에 참여했을 때, 제사에서 출중한 솜

씨로 시중을 들었을 때였다. 그럴 때면 마음속에서 이런 소리가 들렸다. '네 앞에 하나의 길이 놓여 있고, 너는 그 길을 가도록 부름을 받았다. 신들이 너를 기다리신다.' 청년기에도 그런 일이 있었다. 점점 높아지는 사색의 목표와 관련해서 같은 길을 추구하는 무리 중에서 발군의 기량을 발휘하고, 고통 속에서 브라흐만의 참뜻을 깨닫고자 몸부림치고, 새로운 지식을 얻을 때마다 또다시 새로운 갈증이 용솟음칠 때면 갈증과 고통 속에서 재차 똑같은 소리를 들었다. '정진하라! 끊임없이 정진하라! 너는 부름을 받았다!' 고향을 떠나 사문의 길을 선택했을 때, 다시 그 길을 떠나 완성자인 세존에게 갔을 때, 또다시 세존을 떠나 불확실한 세계로 발을 내디뎠을 때도 같은 목소리를 들었다. 아, 그 뒤로 얼마나 오랫동안 그 목소리를 듣지 못했던가! 그동안 그의 삶은 얼마나 단조롭고 황량해졌는가! 얼마나 오랫동안 높은 목표도 갈증도 성취도 없이 하찮은 쾌락만 좇으며 진정한 행복을 맛보지 못했던가! 수년 동안 그는 스스로 알지는 못했지만, 세상의 수많은 사람들 중의 한 사람이 되고자 노력했고, 그들의 삶을 동경했다. 그럴수록 그의 삶은 세상 사람들의 삶보다 한층 더 불행하고 비참해졌다. 그들의 목표는 그의 것이 될 수 없었고, 그들의 근심은 그의 것이 아니었기 때문이다. 그에게 카마스와미 같은 인간의 세계는 관객석에서 지켜보는 춤이나 희극일 뿐이었다. 카말라만이 그에게 소중하고 사랑스러운 존재였다. 하지만 그녀도 그럴까? 그녀는 그에게 아직 필요한 존재일까? 혹은 그는 그녀에게 아직 필요한 존재일까? 두 사람은 끝없는 유희에 빠져 있었던 건 아닐까? 그런 유희를 위해 살 필요가 있을까? 아니다, 결단코 살 필요가 없다! 이런 유희는 곧 윤회로서, 세속인들을 위한 유희다. 어쩌다 한두 번, 혹은 열 번 정도 즐기는 것은 몰라도 언제까지나 영원히 반복된다면?

순간 싯다르타는 이 유희가 끝났음을, 자신이 더는 유희를 계속해나갈 수 없음을 알아차렸다. 온몸에 전율이 타고 내렸고, 그의 내면에서 무언가 죽는 것이 느껴졌다.

그날 하루 종일 싯다르타는 망고나무 아래 앉아 아버지를, 고빈다를, 고타마를 생각했다. 고작 카마스와미 같은 인간이나 되려고 그들을 떠났던 것일까? 밤이 찾아왔는데도 그의 자세는 흐트러지지 않았다. 그는 고개를 들어 밤하늘의 별을 바라보며 생각했다. '나는 지금 내 망고나무 아래, 내 장원에 앉아 있다.' 그의 입가에 미소가 피어올랐다. 망고나무와 장원을 소유하는 것이 진정 필요하고 올바른 일일까? 어리석은 유희는 아닐까?

그는 이런 소유물들과도 인연을 정리했고, 그로써 그것들 역시 그의 내면에서 죽었다. 이윽고 그는 자리에서 일어나 망고나무 및 장원과 작별했다. 온종일 아무것도 먹지 않아 심한 허기가 밀려왔다. 시내에 있는 자신의 집과 방, 침대, 식탁 위에 차려진 음식이 떠올랐다. 그러나 그는 피곤에 젖은 미소를 지으며 고개를 저었고, 그 모든 것들과도 이별했다.

그날 밤 싯다르타는 장원과 도시를 떠나 다시는 돌아오지 않았다. 카마스와미는 싯다르타가 어디선가 강도를 당했다고 생각하고 사람들을 풀어 그를 찾게 했다. 그러나 카말라는 그를 찾지 않았다. 싯다르타가 사라졌다는 얘기를 듣고도 놀라지 않았다. 늘 예상해온 일이었다. 그는 본래 사문이자 정처 없는 순례자가 아니던가? 그건 싯다르타와 마지막으로 함께했던 순간에 가슴 깊이 느꼈다.

그러했기에 그녀는 상실의 고통에도 불구하고 마지막 만남에서 그를 진심으로 품고 그의 소유가 되고 그와 일체를 이루었다는 사실에 행복해했다.

카말라는 싯다르타가 사라졌다는 소식을 처음 들었을 때 창가로 다가가, 희귀한 새가 갇혀 있는 금빛 새장 문을 열고 새를 날려보냈다. 카말라는 날아가는 새를 한참 동안 지켜보았다. 그날 이후 카말라는 대문을 닫아 잠그고 더는 손님을 받지 않았다. 얼마 뒤 싯다르타와의 마지막 동침에서 아이를 가진 것을 알아차렸다.

강가에서

싯다르타는 도시에서 멀리 떨어진 숲속을 걷고 있었다. 머릿속엔 오직 한 가지 생각밖에 없었다. 다시는 도시로 돌아가지 않을 것이고, 지난 수년 동안의 삶은 모두 지나갔고, 구역질이 날 만큼 그삶을 충분히 맛보고 빨아들였다는 것이다. 꿈에서 본 새는 죽었다. 마음속의 새도 죽었다. 그는 윤회의 바퀴에 깊이 얽혀들었고, 마치 가득찰 때까지 물을 쭉쭉 빨아들이는 해면처럼 사방의 온갖 역겨운 것과 죽음을 빨아들였다. 마음속에 권태와 비참함, 죽음이 가득했다. 이제 이 세상에 그를 유혹하고 기쁘게 하고 위로하는 것은 어디에도 없었다.

싯다르타는 자신에 대해 더는 알고 싶은 것이 없었다. 이대로 죽어 안식을 찾고 싶을 뿐이었다. 벼락이라도 내리쳤으면! 호랑이에게라도 잡아먹혔으면! 이 육신을 마비시켜 만사를 잊게 하고, 영원히 잠에서 깨어나지 못하게 할 술이나 독약이라도 있었으면! 자신이 아직 몸에 묻히지 않은 세속의 때가 남았을까? 아직 저지르지 않은 죄악이나 어리석은 짓이 남았을까? 더 겪어야 할 영혼의 황무지가 남았을까? 이대로 사는 것이 정말 가능할까? 이대로 계속 숨을 쉬고, 배고픔을 느끼고, 다시 먹고 자고, 또다시 여자를 품는 게 가능할까? 자신에게 이런 순환은 완전히 끝난 게 아닐까?

싯다르타는 숲속의 큰 강에 이르렀다. 오래전 한창 젊은 시절에, 고타마를 떠나 길을 나서던 시절에 뱃사공이 건네준 바로 그 강이었다. 싯다르타는 강가에서 걸음을 멈추고 머뭇거렸다. 육신이 피곤과 허기로 지쳤는데 계속 가야 할 이유가 있을까? 어디로 가야 할까? 목표가 있기는 한 것일까? 아니, 없었다. 더는 추구해야 할 목표가 없었다. 황량한 이 모든 꿈을 훌훌 벗어던지고 이 김빠진 술을 토해버리고 이 비참하고 치욕스러운 삶을 끝내고자 하는 깊고 고통스러운 갈망 외에는 남은 것이 없었다.

강기슭에 야자수 한 그루가 강 쪽으로 몸을 숙인 채 서 있었다. 싯다르타는 나무에 어깨를 기댄 채 나무줄기를 감싸안으며 발아래 고요히 흘러가는 푸른 강물을 내려다보았다. 마음속에는 이대로 강물에 몸을 던지고 싶다는 소망밖에 없었다. 강물에서 섬뜩한 공허가 뿜어져나왔다. 그의 마음속에 있는 섬뜩한 공허의 거울상이었다. 그렇다, 이제 다 끝났다. 이 세상에서 자신을 소멸시키고, 실패로 끝난 이 공허한 삶의 껍데기를 산산조각 내 조롱하는 신들에게 던져주고 싶었다. 그것이야말로 그가 갈망하는 위대한 구토였다. 그건 죽음이었고, 그가 증오하는 이 삶의 껍데기를 박살내는 일이었다! 싯다르타, 이 개 같은 놈아, 이 미친놈아, 이 썩어문드러진 육신아, 이 무기력하고 학대받은 영혼아, 그냥 물고기 밥이나 되어

버려라! 악어에게 잡아먹히고, 악귀에게 갈기갈기 찢어져버려라!

그는 일그러진 표정으로 물속을 응시하다가 물에 비친 자기 얼굴을 보고는 침을 뱉었다. 이젠 지칠 대로 지쳤다. 그는 나무줄기를 안고 있던 팔을 풀고 몸을 살짝 돌렸다. 강으로 몸을 던져 물속에 가라앉을 생각이었다. 두 눈을 질끈 감고 죽음으로 돌진하려고 했다.

바로 그때였다. 영혼의 한구석에서 무언가가 꿈틀하더니 이 지친 삶의 아득한 옛날로부터 어떤 소리가 울려왔다. 단 한마디, 단한 음절이었다. 싯다르타는 무심코 웅얼거리는 목소리로 그 말을 내뱉었다. 바라문들의 모든 기도에서 시작과 끝을 장식하고, '완전한 것' 혹은 '완성'을 뜻하는 성스러운 '옴'이었다. '옴'이라는 말이 싯다르타의 귓전에 울리는 순간, 불현듯 잠들어 있던 그의 정신이 깨어나면서 지금 하려는 행동의 어리석음을 일깨워주었다.

싯다르타는 화들짝 놀랐다. 대체 이게 무슨 짓인가! 삶에 실패하고 길을 잃고 모든 지식조차 잊은 채 죽음만 찾는 꼬락서니라니! 고작 하는 짓이라는 게 육신이나 소멸시켜 안식을 얻으려 하다니! 지난 오랜 세월 동안 그 어떤 고통과 각성, 절망도 해내지 못한 일을 그의 의식 속으로 불현듯 스며든 옴이 거짓말처럼 해냈다. 비참함과 미망에 빠진 자기 자신을 깨닫게 한 것이다.

"옴!" 그가 혼잣말처럼 중얼거렸다. 순간 브라흐만과 삶의 불멸성, 그리고 그동안 잊고 있던 모든 거룩함이 다시 떠올랐다.

섬광 같은 찰나에 일어난 일이었다. 싯다르타는 야자수 아래 털썩 주저앉아 나무뿌리를 베고 깊은 잠이 들었다.

그는 꿈도 꾸지 않은 채 깊이 잠들었다. 이런 단잠은 정말 오랜만이었다. 몇 시간 뒤 깨어났을 때 마치 십여 년의 세월이 지난 듯했다. 나직이 흘러가는 물소리가 들렸다. 자신이 어디에 있는지, 누가 자신을 여기까지 데려왔는지 알 수 없었다. 그는 눈을 번쩍 뜨고 의아한 표정으로 머리 위의 나무와 하늘을 쳐다보았고, 자신이 어디에 있는지, 어떻게 여기까지 오게 되었는지 떠올려보았다. 기억을 되찾기까지는 제법 시간이 걸렸다. 지난 일이 마치 베일에 싸인 듯 아득히 멀리 떨어져 있고, 자신과 아무 상관없이 무한히 동떨어져 있는 듯했다. 잠에서 깨어 정신을 차린 첫 순간, 이 지나간 삶은 마치 먼 옛날의 일이나 현재적 자아의 전생처럼 여겨졌다. 지금 그가 아는 것이라고는 자신이 그런 과거의 삶을 떠났고, 심지어 역겹고 참담한 심정으로 목숨까지 버리려고 했으며, 무슨 조화인지 강가의 야자수 밑에서 제정신이 들어 성스러운 주문인 옴을 읊조렸고, 그와 동시에 깊은 잠에 빠졌다가 이제 새로운 인간으로 다시 깨어나 세상을 바라보고 있다는 것뿐이었다. 그는 자신을 잠으로 이끌던 '옴'이라는 말을 다시 나직이 내뱉었다. 그러자 긴 수면 전체가 마치 저 밑바닥에서 옴을 길고 깊게 읊조리고, 옴을 생각하고, 뭐라 이름할 수는 없지만 이미 완성된 것인 옴 속으로 완벽하게 빠져 들어간 것처럼 느껴졌다.

이 얼마나 경이로운 잠이던가! 이토록 상쾌하고, 이토록 새롭게 해주고, 이토록 젊어지게 하는 잠은 없었다. 혹시 정말 죽어서 저 바닥에 가라앉았다가 새로운 모습으로 다시 태어난 건 아닐까? 아니었다. 그는 지금 이 몸이 누구인지 알고 있었다. 자신의 손발을 알았고, 자신이 어디에 누워 있는지도 알았으며, 마음속의 자아, 싯다르타라는 이 고집쟁이, 이 독특한 인간을 알고 있었다. 하지만 그런 싯다르타가 바뀌어 있었다. 새로워져 있었다. 기묘한 잠에 이어 기묘하게 깨어나, 기묘한 기쁨과 호기심에 젖어 세상을 바라보고 있었다.

몸을 일으킨 싯다르타는 맞은편에 앉아 있는 낯선 남자를 발견했다. 머리를 깎고 누런 가사를 걸친 승려가 가부좌를 틀고 명상을 하고 있었다. 싯다르타는 머리카락도 없고 수염도 없는 이 남자를 유심히 살펴보았다. 그러고 얼마 지나지 않아 이 승려가 젊은 시절의 벗이자 세존 붓다에게 귀의한 고빈다임을 알아보았다. 아, 고빈다! 그 역시 늙었지만, 여전히 얼굴에는 예전의 품성들, 그러니까 열의와 충직함, 구도에의 열정, 고뇌의 분위기가 남아 있었다. 고빈다도 싯다르타의 시선을 느꼈는지 눈을 뜨고 상대를 바라보았다. 그러나 친구를 알아보지 못하는 눈치였다. 다만 상대가 깨어난 것을 보고 기뻐했다. 누군지도 모르면서 오랫동안 맞은편에 앉아 깨어나기를 기다렸던 게 분명했다.

"내가 잠들었나 보군요." 싯다르타가 말했다. "사문께서는 어쩐 연유로 여기 앉아 계시는지요?"

고빈다가 대답했다. "당신이 주무시는 것을 봤습니다. 이런 곳에서 잠을 청하는 건 좋지 않습니다. 뱀이 자주 나오고, 숲속 짐승도 오가는 길이니까요. 나는 세존 고타마의 제자로서 동료 승려들과 함께 순례를 떠나는 길에 여기 위험한 곳에서 주무시는 당신을 발견했습니다. 깨우려 했으나 워낙 곤히 주무시는지라 일행을 먼저 보내고 여기 남아 잠든 당신을 지켜주려 했지요. 그러다 나도 깜박 잠이 든 모양입니다. 고단함을 못 이겨 제 할일을 제대로 하지 못한 것 같군요. 아무튼 깨어나셨으니 나는 이제 형제들을 따라가야겠습니다."

"사문이시여, 잠든 나를 지켜주셔서 감사합니다. 당신들 세존의 제자는 참으로 자비로우시군요. 이제 갈 길을 가시지요."

"이만 가보겠습니다. 늘 평안하시길."

"감사드립니다, 사문이시여."

고빈다는 작별의 인사를 하며 말했다. "안녕히 계십시오."

"안녕히 가게나, 고빈다." 싯다르타가 말했다.

순간 승려가 걸음을 뚝 멈추었다.

"실례지만 제 이름을 어찌 아시는지요?"

싯다르타는 미소를 지었다.

"오, 고빈다, 내가 어찌 자네를 모르겠나? 자네가 부친의 오두막에서 지내던 시절부터 바라문 학교를 다니고, 신들께 제사를 올리고, 우리 둘이 사문이 되려고 고향을 떠나고, 자네가 기원정사에서 세존께 귀의하던 시절까지 다 알고 있는데."

"아니, 자네 싯다르타 아닌가!" 고빈다가 큰 소리로 외쳤다. "이제야 자네를 알아보겠군. 어째서 바로 알아보지 못했지?! 아무튼 너무 반갑네, 싯다르타. 자네를 여기서 다시 만나다니 얼마나 기쁜지 모르겠어."

"나도 정말 기쁘고 반갑네. 내가 잠든 사이 지켜줘서 다시 한 번 고맙네. 물론 지켜줄 사람이 꼭 필요했던 것은 아니지만. 벗이여, 자네는 어디로 가는 길인가?"

"우리 같은 승려야 어디 정해진 데가 있나? 우기雨期만 아니면 언제나 떠돌지. 줄곧 이곳저곳 유랑하면서 계율에 따라 생활하고, 가르침을 전하고, 시주를 받고, 그러면서 계속 이동하지. 항상 그렇게 생활해왔네. 그런데 싯다르타 자네는 어디로 가는 길인가?"

"나도 마찬가지일세. 갈 데가 어디 따로 있겠나? 그저 길을 가는 중이었지. 순례의 길을."

고빈다가 말했다. "순례를 하고 있다니 그렇게 믿겠네. 하지만 싯다르타, 이런 말을 해서 미안하네만, 순례자처럼 보이지는 않아. 부자의 옷을 입고, 지체 높은 이의 신발을 신고, 머리에서 좋은 향수 냄새가 나는 순례자나 사문은 본 적이 없거든. 긴 머리카락도 마찬가지고."

"역시 관찰력이 좋아. 예리하게 모든 걸 바로 간파하는군. 하지만 내가 사문이라고는 말하지 않았네. 다만 순례의 길을 걷고 있다고 했지. 말 그대로네. 난 순례를 하고 있네."

"순례를 한다…." 고빈다가 말했다. "하지만 그런 옷을 입고 그런 신발을 신고 그런 머리를 하고 순례하는 사람은 거의 없어. 오랜 세월 순례를 했지만 그런 순례자는 만난 적이 없다고."

"맞아, 고빈다. 하지만 이런 옷을 입고 이런 신발을 신고 순례하는 사람도 있다는 걸 자네는 오늘 처음 알게 된 거야. 명심하게, 친구, 형상의 세계는 덧없고 또 덧없어. 우리의 옷이나 머리카락, 육신까지 모두 한없이 덧없지. 그래, 자네가 지금 보고 있듯이 나는 부자의 옷을 입고 있네. 그런 옷을 입은 건 내가 한때 부자였기 때문이고, 내가 이런 머리를 하고 있는 건 한때 쾌락을 좇는 세속인이었기 때문이지."

"그렇다면 싯다르타, 지금 자네는 누군가?"

"모르겠어. 자네가 자네 자신을 모르듯 나도 내가 누군지 몰라. 다만 나는 지금 순례를 하고 있는 나야. 과거엔 부자였지만 지금은 아니고, 내일 내가 무엇이 될지는 알 수 없어."

"재산을 잃은 건가?"

"내가 재산을 잃었거나, 아니면 재산이 나를 잃었겠지. 여하튼 이제 재산은 내게 없어. 고빈다, 현상계의 수레바퀴는 빠르게 돌아가. 바라문이었던 싯다르타는 어디에 있을까? 사문이었던 싯다르타는 어디에 있을까? 부자였던 싯다르타는 어디에 있을까? 고빈다, 자네도 알다시피 덧없는 것은 빠르게 변하는 법이지."

고빈다는 미심쩍은 눈으로 젊은 시절의 친구를 한참 바라보더니 마치 지체 높은 사람에게 허리를 숙이듯 인사하고는 자기 길을 떠났다.

싯다르타는 얼굴에 미소를 머금고 떠나가는 벗을 바라보았다. 그는 여전히 이 충직하고 신중한 친구를 사랑하고 있었다. 사실 경이로운 잠에서 깬 뒤 옴으로 충만한 이 찬란한 시간에 누구인들 무엇인들 사랑하지 않을 수 있을까! 일체의 것들을 사랑하고, 눈앞의 모든 것을 즐거운 사랑의 감정으로 바라보게 된 것이야말로 그가 잠을 자는 동안 옴을 통해 일어난 마법이었다. 돌이켜보니 예전에는 마음이 너무 병들어 어떤 인간과 사물도 사랑할 수 없었던 것 같았다.

싯다르타는 떠나는 승려의 뒷모습을 미소 띤 얼굴로 지켜보았다. 다디단 잠은 그의 내면에 강한 힘을 안겨주었지만, 이틀 동안 아무것도 먹지 않은 육신은 극심한 허기로 고통받고 있었다. 배고픔에도 끄떡 않던 시절은 이미 오래전의 일이었다. 그는 비통해하면서도 여전히 미소를 머금은 채 그 시절을 떠올려보았다. 당시 그는 카말라 앞에서 자신이 가진 정말 고결하고 탁월한 세 가지 기술을 자랑했다. 단식과 기다림과 사색의 기술이었다. 그것은 그의 자산이었고, 그의 힘이자 능력이었으며, 그의 확고한 버팀목이었다. 성실하고 힘들었던 청춘기에 그는 오직 이 세 가지 기술만 익혔다. 그러던 것들이 이제 그를 떠나갔고, 단식이든 기다림이든 사색이든 그중 어느 것도 남아 있지 않았다. 정말 하찮고 덧없는 것들을 위해, 육욕과 안락함, 부귀영화를 위해 그런 기술을 내팽개친 것이다! 이상하지만 그의 삶에 그런 일이 실제로 일어났다. 이제 그는 정말로 세속인이 된 것 같았다.

싯다르타는 자신의 상황에 대해 깊이 생각했다. 생각은 쉽지 않았고, 생각하고 싶은 마음도 없었지만 스스로를 다그쳤다.

사색이 이어졌다. '그래, 이제 그 모든 덧없는 것들이 내게서 빠져나갔다. 나는 그 옛날 어린아이처럼 태양 아래 다시 맨몸으로 서 있다. 내 것이라고는 없고, 할 수 있는 것도 할 줄 아는 것도 없으며, 배운 것조차 없다. 이 얼마나 기이한가! 더는 젊다고 할 수 없는 지금, 머리는 이미 반백에 가깝고 기력이 쇠해가는 지금, 다시 어린아이로 돌아가 처음부터 다시 시작하다니!' 싯다르타의 얼굴에 미소가 피어올랐다. 그렇다, 그의 운명은 참으로 기이했다! 그의 삶은 다시 내려가고 있었다. 이제 그는 다시 빈손인 상태로, 벌거벗고 어리석은 상태로 이 세상에 서 있었다. 슬프지는 않았다. 아니, 오히려 그런 자신에게, 이 이상하고 어리석은 세상에 크게 웃음을 터뜨리고 싶은 강렬한 충동에 사로잡혔다.

"너의 삶은 내려가고 있어!"

그는 스스로에게 이렇게 말하며 웃었다. 그러면서 무심코 강으로 시선을 돌렸는데, 강물 역시 아래로 흘러가고 있었다. 강은 언제나 아래로 흘렀고, 노래를 부르며 즐거워했다. 그 모습이 퍽 마음에 들어 그는 강물을 향해 다정하게 미소를 지어주었다. 저건 그가 예전에, 그러니까 한 백 년 전쯤에 빠져 죽으려 했던 그 강이 아니던가! 아니면 그저 꿈이었을까?

'내 인생은 참으로 기묘해.' 그는 생각했다. '돌고 돌아 지금의 길에 이르렀어. 소년기의 나는 오직 신들과 제사에만 열을 올렸고, 청소년기에는 고행과 사색, 마음 수련에만 관심을 두었으며, 브라흐만을 찾고 영원한 아트만을 숭배했다. 그러다 청년기에는 참회자들을 따라 숲에서 생활했고, 더위와 혹한에 시달렸으며, 굶주리는 법과 육신을 죽이는 법을 배웠다. 그러다 곧 놀랍게도 위대한 붓다의 가르침에서 깨달음을 얻어 이 세상의 통일성이 내 몸속의 피처럼 내 안에서 순환하고 있음을 느꼈다. 그러나 붓다와 그 위대한 깨달음으로부터도 다시 떠나야 했다. 이후 세상 속으로 들어가 카말라에게서 사랑의 기술을 배웠고, 카마스와미에게서는 장사를 배워 돈을 모으고 탕진했으며, 기름진 음식으로 배를 채우고 감각의 비위를 맞추는 법을 배웠다. 그렇게 오랜 세월을 보냈다. 나는 맑은 정신을 잃었고, 사색하는 법을 망각했으며, 세계의 통일성까지 잊었다. 혹시 나는 지금껏 긴 우회로를 따라 천천히 어른에서 다시 아이가 되고, 사색가에서 세속인이 되는 길을 걸어온 게 아닐까? 그래도 이 길은 퍽 좋았고, 내 마음속의 새도 죽지 않았다. 어떻게 이런 길이 있을까! 기껏 다시 아이가 되고 다시 시작하려고 그토록 많은 어리석은 짓과 그토록 많은 악행과 그토록 많은 잘못과 그토록 많은 역겹고 환멸스럽고 비통한 일들을 겪어내야 했을까! 그렇지만 옳은 길이었다. 내 마음이 그렇다고 말하고, 내 눈이 그렇다고 미소 짓고 있다. 은혜를 체험하기 위해, 다시 옴을 듣기 위해, 다시 제대로 잠을 자고 다시 깨어나기 위해 나는 절망을 겪어야 했고, 세상에서 가장 어리석은 생각인 자살까지 떠올릴 정도로 나락의 구렁텅이에 떨어져야 했다. 나는 내 안의 아트만을 다시 찾기 위해 바보가 되어야 했고, 다시 살아내기 위해 죄악에 물들어야 했다. 이 길은 앞으로 나를 어디로 이끌까? 바보 같은 길이고, 크게 돌아가는 길이고, 어쩌면 영원히 순환하는 길일지 모른다. 그러나 나는 어떤 길이 됐든 그 길을 갈 것이다.'

놀랍게도 그는 가슴속에서 솟구치는 기쁨을 느꼈다.

'이 기쁨은 어디서 오는 것일까?' 그는 자신의 마음에 물었다. '이건 대체 어디서 오는 것일까? 내게 원기를 북돋워준 그 길고 다디단 잠에서 오는 것일까? 내가 조용히 읊조렸던 옴이라는 말에서? 내가 악의 구렁텅이에서 빠져나와 마침내 자유의 몸이 되어 아이처럼 지금 이 하늘 아래 서 있다는 데서? 아, 거기서 빠져나와 자유를 되찾은 이 상태는 얼마나 아름다운지! 이곳의 공기는 얼마나 맑고 새롭고, 얼마나 숨 쉬기 좋은지! 내가 도망친 곳에서는 향유와 향신료, 술, 포만, 나태의 냄새만 진동했다. 나는 부자와 식도락가, 노름꾼의 세계를 얼마나 증오했던가! 그 끔찍한 세계에 그리 오래 머문 나를 얼마나 증오했던가! 나 자신을 강탈하고 중독시키고 고통스럽게 하고, 늙고 ~~추하게~~ 만든 나를 얼마나 증오했던가! 그래, 한때 이 싯다르타는 스스로 지혜롭다고 착각에 빠진 적이 많았지만, 다시는 그런 착각을 하지 않으리라! 내가 잘한 일이 있다면, 내 마음에 들고 칭찬받아 마땅한 일이 있다면 바로 스스로를 증오하는 일을 그만두고, 이 어리석고 피폐한 삶에 종지부를 찍은 것이다! 싯다르타, 나는 너를 칭찬한다. 너는 그리 오래 미망의 세월을 보내

고도 이런 묘안을 생각해냈고, 뭔가를 해냈고, 마음속의 새가 노래하는 소리를 듣고, 그걸 따랐다!'

싯다르타는 이렇듯 자신을 칭찬했고, 스스로에게 기쁨을 느꼈으며, 배가 허기로 꼬르륵거리는 소리에 신기한 듯 귀를 기울였다. 지난 며칠, 남은 고통과 번뇌를 모조리 맛보고 다시 토해낸 끝에 마침내 절망과 죽음까지 씹어 삼킨 듯한 느낌이 들었다. 잘한 일이었다. 그러지 않았다면 그는 앞으로도 계속 카마스와미 밑에서 돈을 벌고, 탕진하고, 뱃살을 찌우고, 영혼의 갈증에 시달리고, 안락한 지옥의 삶에 파묻혀 살았을 것이다. 의지할 데 하나 없는 완벽한 절망의 순간이 찾아오지 않았더라면, 흐르는 강물에 몸을 던져 스스로를 소멸시키려는 극단적인 순간이 오지 않았더라면 말이다. 그는 이런 절망과 지극한 역겨움을 느꼈음에도 결국 굴복하지 않았다는 사실에, 마음속 기쁨의 원천이자 진정한 내면의 목소리인 새가 여전히 살아 있다는 사실에 기쁨을 느꼈다. 절로 웃음이 터져나왔고, 벌써 머리가 반백으로 변한 얼굴이 기쁨으로 빛났다.

그는 생각했다. '그래, 우리가 삶에서 알아야 하는 것들은 모두 스스로 겪어보는 것이 좋아. 세속의 쾌락과 부귀가 좋은 것이 아님은 어린 시절에 이미 배웠어. 그건 오래전부터 알고 있었지만, 이제야 체험하고 깨닫게 되었어. 단순히 머리로만 아는 것이 아니라 눈과 가슴, 배로 알게 되었다는 말이지. 그건 정말 잘한 일이야!'

그는 한참 동안 자신의 변화를 돌아보면서 기쁨에 겨운 새소리에 귀를 기울였다. 내면의 새가 죽지 않았단 말인가? 분명 죽었다고 생각했는데, 아니란 말인가? 그렇다, 그의 내면에서 죽은 것은 오래전부터 죽기를 갈망해온 다른 무엇이었다. 그건 일찍이 뜨거운 참회의 시절에 죽이고자 했던 내면의 다른 자아였다. 그건 오랜 세월 맞서 싸웠으나 번번이 굴복했고, 죽었다 싶으면 다시 살아나 기쁨을 앗아가고 두려움을 안겨주던 바로 그 불안에 떨면서도 자부심에 차 있던 소아小我였다. 그 자아가 오늘 여기 숲속, 이 아름다운 강가에서 마침내 죽음을 맞았다. 지금 그가 이렇게 두려움 없이 확신에 차서 어린아이처럼 기뻐할 수 있는 것도 소아의 죽음 때문이 아닐까?

이제야 싯다르타는 자신이 바라문과 참회자 시절에 이 소아와 벌였던 싸움이 번번이 실패한 이유를 알았다. 너무 많은 지식과 너무 많은 경전 구절, 너무 많은 제사 의식과 너무 과도한 금욕, 과도한 행위, 노력이 방해가 되었던 것이다! 그는 오만함이 하늘을 찔렀다. 자신은 언제나 가장 지혜롭고 열성적이고, 언제나 남들보다 한 걸음 앞서고 박식하고 총명한 사람이었고, 언제나 사제이거나 현자였다. 소아는 그런 오만한 특권 의식과 지성 속으로 스며들어 똬리를 틀고 자랐다. 그는 그것을 단식과 참회로 죽일 수 있다고 생각했지만, 아니었다. 이제 싯다르타는 이 모든 것을 깨달으며, 어떤 스승도 자신을 구원하지 못하리라던 내면의 목소리가 옳았음을 알게 되었다. 그렇다. 그는 그 때문에 내면의 사제와 사문이 죽을 때까지 세상 속으로 들어가 쾌락과 권세, 여인과 돈에 빠졌고, 장사치와 노름꾼, 주정뱅이, 탐욕스러운 인간이 되어야 했다. 그 때문에 최후가 올 때까지, 쓰라린 절망을 맛볼 때까지, 육욕에 사로잡히고 탐욕스러운 싯다르타가 죽을 때까지 그 흉측한 세월을 견디고, 역겨움과 공허, 황량하고 타락한 삶의 무상함을 견뎌야 했다. 이제 그자는 죽었고, 새로운 싯다르타가 잠에서 깨어났다. 물론 이 싯다르타 역시 늙고, 언젠가 죽을 것이다. 싯다르타라고 해서 현상계의 모든 것이 그러하듯 덧없음에서 벗어날 수는 없다. 하지만 오늘만큼은 마치 새로 태어난 것처럼 기쁨에 충만한 어린아이 같았다.

이런 생각을 하면서 그는 싱긋 웃으며 뱃속에서 나는 꼬르륵거리는 소리와 벌이 윙윙거리는 소리에 감사한 마음으로 귀를 기울였고, 유유히 흘러가는 강물을 즐거운 시선으로 바라보았다. 강물이 이처럼 마음에 들고, 그것이 들려주는 비유가 이처럼 강렬하고 아름답게 들린 적이 없었다. 강은 그에게 무언가 특별한 것을 말해주려는 듯했다. 그는 아직 모르지만, 그를 진작 기다리고 있는 어떤 특별한 이야기를. 싯다르타는 이 강물에 빠져 죽으려 했고, 실제로 지치고 절망에 빠졌던 예전의 싯다르타는 오늘 이 강물에 빠져 죽었다. 대신 새로 태어난 싯다르타는 유유히 흘러가는 강물에 깊은 사랑을 느꼈고, 이 강을 그리 빨리 떠나지 않기로 마음먹었다.

뱃사공

'그래, 이 강에 머물러야겠어.' 싯다르타는 생각했다. '그 옛날 내가 세상 속으로 들어가기 직전에 건넌 강이야. 그때 어떤 친절한 사공이 강을 건네주었지. 그 사공을 찾아가야겠어. 지금은 낡고 죽어버린 속세의 삶이 당시 사공의 오두막에서 시작했으니, 지금의 새로운 삶도 거기서 다시 출발하는 게 맞아!'

그는 흐르는 강을, 투명한 초록빛 강물을, 신비한 무늬를 그려내는 수정 같은 물결선을 부드러운 눈길로 들여다보았다. 물속 깊은 곳에서 진주가 반짝거리며 솟구치고, 파란 하늘을 닮은 수면 위로 잔잔한 물거품이 떠다니는 것이 보였다. 강물은 수천 개의 눈으로 그를 지긋이 바라보고 있었다. 초록 눈, 하얀 눈, 수정 같은 눈, 하늘처럼 푸른 눈…. 아, 얼마나 사랑스러운 강물이고, 얼마나 매혹적이고 감사한 강물인가! 그는 마음속에서 새로 깨어난 목소리를 들었다. '이 강물을 사랑하라! 강물 곁에 머물라! 강물로부터 배워라!'

그렇다. 그는 강물로부터 배우고 싶었고, 강물에 귀를 기울이고 싶었다. 강물과 그 비밀을 이해하는 사람은 다른 많은 비밀, 아니, 모든 비밀을 알게 될 것 같았다.

강의 수많은 비밀 가운데 그는 오늘 벌써 한 가지를 보았고, 그것에 마음을 빼앗겼다. 그것은 바로, 강물은 끊임없이 흐르고 또 흐르지만 늘 거기 존재하고, 언제나 동일한 모습이면서도 매순간 새롭다는 것이다. 아, 누가 이것을 파악하고 이해할 수 있을까! 싯다르타 자신도 이것을 머리로 이해하고 파악하지는 못했다. 다만 자기 속에서 어떤 예감, 머나먼 기억, 신적인 목소리가 꿈틀대는 것을 느꼈을 뿐이다.

싯다르타는 자리에서 일어났다. 육신의 허기가 너무 심해 견딜 수가 없었다. 그는 배고픔을 참으며 강기슭의 오솔길을 따라 상류 쪽으로 걸음을 옮겼다. 강물 소리와 뱃속의 꼬르륵거리는 소리에 귀를 기울이면서.

나루터에 당도했을 때 막 나룻배가 떠날 채비를 하고 있었다. 배 안에는 먼 옛날 젊은 사문 시절의 싯다르타를 건네준 사공이 서 있었다. 그새 무척 늙었지만, 싯다르타는 그를 한눈에 알아보았다.

"강을 좀 건네주시겠소?" 싯다르타가 물었다.

뱃사공은 지체 높은 사람이 혼자 걸어오는 것을 보고 깜짝 놀란 눈치였다. 그러더니 손님을 나룻배에 태우고 노를 저어갔다.

"참 아름다운 삶을 선택하셨군요." 손님이 말했다. "매일 이 강가에서 생활하면서 강을 건너다니는 건 참으로 아름다운 일이지요."

사공이 노를 저으며 빙그레 웃었다. "아무렴요, 말씀하신 것처럼 아름다운 일이지요, 나리. 하지만 모든 삶이, 모든 일이 아름답지 않을까요?"

"그럴지도. 허나 난 당신이 부럽습니다."

"무슨 그런 말씀을. 아마 이 일을 직접 해보시면 금방 흥미를 잃으실 겁니다. 좋은 옷을 입은 분들이 하실 일이 아니거든요."

싯다르타가 웃었다. "나는 오늘 이 옷 때문에 이미 한차례 남의 이목을 끌었고, 의심의 눈초리를 받았습니다. 사공 양반, 내게 성가시기만 한 이 옷을 받아주지 않겠소? 뱃삯 삼아 말이오. 난 지금 수중에 돈이 없어요."

"귀하신 분께서 농담도 잘하시는군요." 뱃사공이 웃었다.

"농담이 아니오, 친구. 전에도 당신은 뱃삯을 받지 않고 나를 건네준 적이 있습니다. 오늘도 그러고 있으니, 그 대가로 내 옷을 받아주시오."

"그럼 옷도 없이 어떻게 계속 다니실 참인지요?"

"아, 나는 계속 떠돌 마음이 없습니다. 진심입니다. 사공 양반, 내가 진정 원하는 건, 넝마라도 좋으니 몸을 가릴 아무 옷이나 입고 당신의 조수, 아니 도제로 들어가는 겁니다. 나는 일단 배를 다루는 법부터 배워야 하니까요."

뱃사공이 무언가 탐색하는 눈으로 물끄러미 낯선 남자를 바라보았다.

"이제야 알아보겠군요." 그가 이윽고 말문을 열었다. "예전에 내 오두막에서 하룻밤 묵어가신 분이군요. 벌써 이십 년도 더 된 일이네요. 그때 나는 당신을 강 건너로 데려다주었고, 우린 좋은 친구처럼 작별인사를 나누었지요. 그때 당신은 사문이 아니었나요? 아무리 생각해도 이름은 기억나지 않는군요."

"싯다르타입니다. 네, 지난번에 만났을 때는 사문이었죠."

"반갑습니다, 싯다르타. 내 이름은 바수데바입니다. 오늘도 내 손님이 되어 내 오두막에 묵으면서 지금 어디서 오는 길인지, 그 좋은 옷들이 어째서 당신에게 성가신 것이 되었는지 이야기해주시지요."

그사이 그들은 강 한복판에 이르렀고, 바수데바는 강물의 흐름을 거스르기 위해 더욱 힘차게 노를 저었다. 뱃머리로 시선을 향한 채 억센 팔로 노 젓는 모습이 퍽 차분했다. 싯다르타는 가만히 앉아 그 모습을 지켜보며, 그 옛날 사문 시절의 마지막 날에 이 남자에 대한 사랑이 가슴속에서 꿈틀댔던 일을 기억해냈다. 그는 바수데바의 초대를 감사히 받아들였고, 건너편 강가에 도착하자 바수데바를 도와 배를 말뚝에 맸다. 이어 사공은 싯다르타를 오두막으로 청한 뒤 빵과 물을 내놓았고, 싯다르타는 그 음식과 바수데바가 나중에 권한 망고까지 맛있게 먹었다.

해질 무렵 두 사람은 다시 강가로 나가 나무 그루터기에 걸터앉았다. 싯다르타는 자신의 출신과 삶에 대해 이야기했고, 오늘 경험한 절체절명의 순간에 본 것들을 설명했다. 이야기는 밤늦도록 이어졌다.

바수데바는 싯다르타의 말에 유심히 귀를 기울였고, 싯다르타의 출신과 유년 시절, 배움과 구도의 과정, 기쁨과 번뇌를 있는 그대로 가슴속 깊이 받아들였다. 남의 이야기를 경청할 줄 아는 자세는 뱃사공의 가장 훌륭한 미덕 중 하나였다. 그런 사람은 정말 몇 되지 않았다. 싯다르타는 바수데바가 말 한마디 입 밖에 내지 않고 조용히, 열린 마음으로, 기다리는 자세로 자기 말을 가슴에 담고, 한마디도 빠뜨리지 않고 듣고, 조바심을 내지 않고, 칭찬하거나 나무라는 일 없이 가만히 들어주고 있음을 느꼈다. 그리고 이런 태도로 들어주는 사람에게 자기 마음을 털어놓고, 그의 마음에 자신의 삶과 구도의 과정, 고뇌를 새기는 것이 얼마나 행복한 일인지 깨달았다.

싯다르타의 이야기가 막바지로 치달을 무렵, 그러니까 그가 강가의 나무와 깊은 추락, 성스러운 옴, 단잠에서 깨어난 뒤에 찾아온 강에 대한 애정을 설명할 때, 뱃사공은 지그시 눈을 감은 채 더 한층 주의 깊게 그의 이야기에 푹 빠져들었다.

싯다르타가 말을 마치자 긴 정적이 흘렀다. 이윽고 바수데바가 입을 열었다. "역시 내가 생각한 그대로이군요. 강이 당신에게 말을 걸었어요. 당신과도 친구가 되어 말을 건넨 것이지요. 잘됐습니다, 정말 잘됐습니다, 내 친구 싯다르타. 이제 내 집에 머물도록 하세요. 한때 내게도 잠자리를 같이하던 아내가 있었지만, 오래전에 세상을 떠나 이제 혼자 살고 있답니다. 내 집에서 함께 지냅시다. 두 사람이 지낼 공간도 있고, 양식도 충분하답니다."

"감사합니다." 싯다르타가 말했다. "당신의 호의에 감사드립니다. 게다가 제 말을 그렇게 훌륭하게 들어주신 것에도 감사드립니다. 남의 말을 경청할 줄 아는 사람은 드물지요. 당신만큼 남의 말을 잘 들어주는 사람은 만난 적이 없습니다. 그것도 당신에게 배우고 싶습니다."

"분명 배우게 될 겁니다. 하지만 내게서는 아닙니다. 경청하는 법을 내게 가르쳐준 건 강이었습니다. 당신도 강에서 배우게 될 겁니다. 강은 모든 것을 알고 있고, 우리는 모든 것을 강에서 배울 수 있지요. 거보세요, 당신도 아래로 내려가고 가라앉고 추락하는 것이 좋다는 것을 벌써 이 강에서 배웠잖습니까! 부유하고 지체 높은 싯다르타가, 배운 것도 아는 것도 많은 바라문 싯다르타가 미천한 사공이 될 것이다! 이것도 강이 당신에게 해준 말이지요. 다른 것도 강으로부터 배우게 될 겁니다."

싯다르타가 긴 침묵 끝에 입을 열었다. "다른 어떤 걸 배우게 된다는 건가요?"

바수데바가 일어났다. "시간이 너무 늦었습니다. 이제 잠자리에 들도록 하시죠. 친구, 당신이 배우게 될 그 '다른 것'에 대해서는 내가 미리 말해줄 수가 없습니다. 당신은 직접 배우게 될 겁니다. 어쩌면 이미 알고 있는지도 모르고요. 보세요, 나는 학자가 아닙니다. 말을 잘하지 못하고 사색할 줄도 모릅니다. 그저 남의 말을 들을 줄 알고, 경건한 태도로 살아갈 줄 알 따름이지요. 그 밖에 배운 것은 없습니다. 만일 내가 그걸 말로 표현하고 가르칠 줄 알았다면 현자가 되었을 수도 있겠지요. 그러나 나는 한낱 사공에 불과합니다. 내 임무는 사람들을 배에 태워 강을 건네주는 것이지요. 지금껏 나는 수천 명의 사람을 건너편 강가로 건네주었습니다. 모두 이 강을 그저 여행의 장애물로 여기는 사람들이었죠. 그들은 돈을 벌거나 장사를 하러, 혹은 결혼식에 참석하거나 순례를 떠나러 길을 나섰는데, 그들에게 이 강은 그저 길을 가로막는 장애물일 뿐이었습니다. 사공의 일은 그들이 이 장애물을 빨리 건널 수 있도록 해주는 것이지요. 그런데 수천 명 가운데 몇 사람은, 아마 네댓 명 정도는 이 강을 장애물로 여기지 않고, 강의 소리를 듣고, 강의 소리에 귀를 기울였으며, 내가 그렇듯 이 강을 성스러운 것으로 여겼습니다. 이제 가서 쉬도록 합시다, 싯다르타."

싯다르타는 사공의 집에 머물면서 나룻배 다루는 법을 배웠고, 나루에서 할 일이 없으면 바수데바와 함께 논에서 일하거나 땔감을 장만하거나 바나나를 땄다. 그 밖에 노를 만들고, 나룻배를 수리하고, 바구니 짜는 법도 배웠다. 그는 배우는 모든 것이 즐거웠고, 날과 달은 유수처럼 흘러갔다. 그런데 바수데바가 가르쳐주는 것보다 훨씬 더 큰 가르침을 준 것은 강이었다. 그는 강으로부터 끊임없이 배웠다. 무엇보다 가장 크게 배운 것은 경청하는 법이었다. 강은 그에게 차분하고 열린 마음으로, 기다리는 자세로, 격정이나 소망, 판단, 의견 없이 남의 말에 귀를 기울이라고 가르쳤다.

그는 바수데바와 오붓하게 살았고, 가끔 대화를 나누었다. 몇 마디 되지 않았지만 모두 오랜 숙고 끝에 나온 말이었다. 바수데바는 말하기 좋아하는 사람이 아니었기에 그의 말문을 열게 하는 건 쉽지 않았다.

한번은 싯다르타가 바수데바에게 물었다. "당신도 강으로부터, 시간이 존재하지 않는다는 비밀을 배웠습니까?"

바수데바의 얼굴에 환한 미소가 가득 퍼졌다.

"그렇습니다, 싯다르타." 그가 말했다. "그러니까 이런 뜻인 거죠? 강물은 어디에나 동시에 존재한다. 강물은 그것의 시원始原, 어귀, 폭포, 나루터, 급류, 바다, 산 할 것 없이 어디에나 동시에 존재하고, 강에는 현재만 있을 뿐 과거나 미래의 그림자는 없다는 것이죠?"

"네, 바로 그겁니다. 그 비밀을 배웠을 때 나는 내 삶을 돌아보았습니다. 내 인생도 한줄기 강물 같더군요. 소년 싯다르타는 장년 싯다르타, 노년 싯다르타와 그림자로만 분리되어 있을 뿐 어떤 실재적인 것으로 분리되어 있지 않았습니다. 싯다르타의 전생도 과거가 아니었으며, 그의 죽음과 브라흐만으로의 회귀도 미래가 아니었습니다. 어떤 것도 없었고, 어떤 것도 없을 것입니다. 모든 것이 실재이고 현재입니다."

말을 하는 싯다르타의 표정이 황홀했다. 지금의 깨달음에 깊은 환희를 느끼는 듯했다. '아, 일체의 번뇌는 시간에서 오는 것이 아니던가! 일체의 괴로움과 두려움도 시간에서 오는 것이 아니던가! 시간을 극복하고 시간 개념에서 벗어날 수 있으면 이 세상 모든 간난과 불화도 사라지고 극복되지 않을까?' 그는 무아지경에 빠져 말했다. 바수데바는 환하게 웃으며 동의의 뜻으로 말없이 고개를 끄덕거렸고, 싯다르타의 어깨를 다정하게 한 번 쓰다듬고는 자기 일로 돌아갔다.

한번은 우기에 강물이 불어 무서운 소리를 내며 흘러갈 때 싯다르타가 말했다. "친구여, 강은 정말 많은 소리를 갖고 있는 것 같지 않나요? 왕의 소리, 전사의 소리, 황소 소리, 밤의 새소리, 아이를 낳는 여인의 소리, 한숨 소리, 그 밖에도 수천 가지 소리를 갖고 있는 것 같지 않나요?"

"맞아요." 바수데바가 고개를 끄덕였다. "강에는 삼라만상의 소리가 들어 있지요."

싯다르타가 말했다. "강에서 나는 오만 가지 소리를 동시에 들을 수 있다면 강물이 무슨 말을 하는지도 알겠군요?"

바수데바는 행복하게 웃더니 싯다르타의 귀에다 대고 한마디를 내뱉었다. "옴!" 싯다르타도 들었던 바로 그 성스러운 소리였다.

날이 갈수록 싯다르타의 미소는 사공을 닮아갔다. 사공의 미소처럼 환했고, 행복이 넘쳐났고, 무수한 잔주름 사이에서 빛났고, 천진난만하면서도 원숙했다. 나루를 지나는 많은 여행자들은 두 사람을 보고 형제라고 생각했다. 저녁이 되면 두 사람은 강가의 나무 그루터기에 앉아 말없이 강물 소리를 들었다. 이제 그들에게 그 것은 단순히 물소리가 아니라 생명의 소리였고, 현존의 소리였고, 영원한 생성의 소리였다. 이따금 두 사람은 물소리를 들으며 똑같은 것을 생각하기도 했다. 예를 들어 엊그제 나눈 대화를 떠올렸고, 배에 태운 사람들 중에서 얼굴과 운명이 생생히 기억나는 사람을, 죽음을, 유년 시절을 생각했다. 또한 강이 무언가 좋은 말을 들려준 순간에는 그것을 동시에 생각하면서 서로 눈길을 주고받았고, 같은 질문에 같은 대답을 하는 것에 행복해했다.

이 나루터와 두 뱃사공에게서는 무언가 묘한 기운이 흘러나왔고, 일부 여행자는 이를 피부로 느끼기도 했다. 그런 까닭에 어떤 때는 한 여행자가 두 사공 중 하나의 얼굴을 들여다보더니 자신의 삶과 고통에 대해 이야기하고 자신이 저지른 악행을 털어놓고 위로와 조언을 구했고, 어떤 때는 강물 소리를 들으려고 그들 집에 하룻밤 묵어가기를 청하는 여행자도 있었으며, 어떤 때는 이 나루터에 현자인지 도사인지 성자인지 모르는 두 사람이 살고 있다는 풍문을 듣고 찾아오는 사람들까지 생겨났다. 이들은 호기심 어린 표정으로 두 사공에게 질문을 쏟아냈지만, 답을 들을 순 없었다. 결국 사람들은 두 사공에게서 아무 대답을 하지 않는, 뭔가 이상하고 바보 같은 친절한 두 노인의 모습만 확인했을 뿐 현자나 도사의 면모는 찾지 못했다. 그럴 때마다 호기심 어린 사람들은 웃음을 터뜨리며, 이런 허무맹랑한 소문을 퍼뜨리는 인간들이 얼마나 아둔하고 경솔한지 모르겠다며 한마디씩들 했다.

이렇게 여러 해가 흘렀지만 둘 중 누구도 세월을 헤아리지 않았다. 그러던 어느 날, 순례를 떠났던 세존 붓다의 제자들이 돌아와 강을 건네달라고 부탁했다. 두 사공은 이들이 위대한 스승에게로 급히 되돌아가는 길임을 알게 되었다. 고타마가 중병이 들어 곧 인간으로서의 삶을 마감하고 열반에 들 거라는 소문이 퍼져 있었기 때문이다. 오래지 않아 다른 무리의 승려들이 순례에서 돌아왔고, 이어 또 다른 무리가 왔다. 승려는 물론이고 다른 여행자나 방랑자도 대부분 고타마와 그의 임박한 죽음밖에 이야기하지 않았다. 마치 출정식이나 왕의 대관식이라도 열리는 것처럼 수많은 사람이 개미떼처럼 사방에서 몰려들었다. 그들은 마법에 끌린 것처럼 오직 한곳을 향해 갔다. 위대한 붓다가 죽음을 기다리는 곳, 다시없을 어마어마한 사건이 일어날 곳, 우주의 위대한 완성자가 열반에 들게 될 곳이었다.

그 무렵 싯다르타도 입적을 앞둔 위대한 스승에 대해 많은 생각을 했다. 중생을 제도하고 수많은 인간을 일깨워준 세존의 음성은 그 옛날 그도 직접 들은 바 있고, 그의 거룩한 얼굴을 경외의 눈으로 바라보기도 했다. 싯다르타는 친근감을 갖고 붓다를 생각했고, 완성으로 나아간 그의 길을 상상했으며, 자신이 젊었을 때 세존에게 던졌던 말을 떠올리며 싱긋 미소를 짓기도 했다. 지금 생각해보니 당돌한 애어른 같은 말이었다. 곱씹어볼수록 절로 미소가 피어올랐다. 그는 오래전부터 자신과 고타마가 분리되지 않는다는 사실을 알았지만, 고타마의 가르침은 받아들이지 않았다. 아니, 그럴 수 없었다, 진정한 구도자는, 그러니까 진실로 깨달음을 원하는 자는 어떤 가르침도 받아들일 수 없다. 다만 깨달음을 얻은 자는 다른 이의 가르침이나 방법, 목표를 인정해줄 수는 있다. 그 경지에 이른 자는 영원 속에서 살고, 신적인 것을 호흡하는 수천 명의 사람들과 결코 분리되지 않는다.

이렇듯 수많은 사람이 죽음을 앞둔 붓다에게로 순례를 떠나던 무렵, 한때 가장 아름다운 창부였던 카말라도 붓다에게로 떠났다. 그녀는 벌써 오래전에 옛 생활을 청산하고 장원을 고타마의 제자들에게 헌사한 뒤 붓다의 가르침에 귀의했고, 순례자들의 친구이자 후원자가 되었다. 그러다 고타마의 입적이 임박했다는 소식을 듣고는 자신의 아들인 소년 싯다르타를 데리고 간소한 차림으로 길을 나섰다. 카말라는 어린 아들과 함께 강을 따라 걸었다. 소년은 금방 지쳐 집으로 돌아가자고, 쉬었다 가자고, 먹을 것을 달라며 칭얼대고 떼를 썼다. 결국 어머니는 자주 쉴 수밖에 없었다. 소년은 어머니의 말을 듣지 않고 보채는 버릇이 들어 있었다. 따라서 어머니는 아들에게 먹을 것을 챙겨주면서 달래야 했고, 그래도 듣지 않으면 야단을 쳤다. 소년은 알지도 못하는 곳으로, 알지도 못하는 사람에게로 왜 이리 힘들고 괴로운 순례를 떠나는지 도무지 이해가 되지 않았다. 성자라는 사람이 죽어간다고 한들 그게 자기하고 무슨 상관인가?

모자가 바수데바의 나루터에서 멀지 않은 곳에 이르렀을 때 소년 싯다르타는 또다시 쉬어가자고 어머니를 졸랐다. 카말라도 지쳤던 터라 아들이 바나나를 먹는 동안 바닥에 주저앉아 잠시 눈을 감고 쉬었다. 그런데 갑자기 그녀의 입에서 외마디 비명이 터져나왔다. 아들이 깜짝 놀라 보니 어머니는 얼굴이 공포로 하얗게 질려 있었고, 옷자락 밑에서 검은 뱀 한 마리가 스르르 기어나왔다. 뱀에게 물린 것이다.

모자는 사람들이 있는 곳으로 가려고 황급히 길을 달려 마침내 나루터 근처에 도착했다. 여기서 카말라는 더 이상 걸을 수가 없어 바닥에 쓰러졌다. 소년은 소리 내어 울면서 어머니에게 입을 맞추고 어머니의 목을 끌어안으며 도와달라고 외쳤다. 카말라도 아들의 외침에 가세했고, 이 소리는 나루터에 있던 바수데바의 귀에까지 닿았다. 그는 신속하게 모자에게 달려가 여인을 안아 배에 실었고, 소년도 달려와 함께 탔다. 얼마 뒤 그들은 오두막에 당도했다. 아궁이에서 막 불을 피우고 있던 싯다르타가 고개를 들어 소년을 보았다. 기이하게도 잊고 있던 과거를 떠올리게 하는 얼굴이었다. 이어 의식을 잃고 사공의 팔에 안긴 여자에게로 시선을 돌렸다. 카말라였다. 그건 한눈에 알아보았다. 그제야 잊었던 과거를 상기시키는 소년이 자기 아들임을 알아차렸다. 가슴속에서 심장이 요동치기 시작했다.

카말라의 상처는 씻어냈는데도 이미 부위가 까맣게 변했고, 몸도 퉁퉁 부어올랐다. 그녀의 입에다 약을 흘려넣었다. 의식이 돌아왔을 때 그녀는 싯다르타의 침상에 누워 있었는데, 놀랍게도 예전에 그토록 사랑했던 싯다르타가 자신을 내려다보고 있었다. 꿈인 듯했다. 카말라는 미소를 지으며 연인의 얼굴을 사랑스럽게 쳐다보았다. 그러다 자신의 현재 상황을 천천히 깨달았고, 뱀에 물린 것을 떠올리고는 걱정스럽게 아이를 찾았다.

"아이는 여기 있으니 걱정하지 말아요." 싯다르타가 말했다.

카말라가 싯다르타의 눈을 물끄러미 바라보더니 이윽고 입을 열었다. 온몸에 퍼진 독 때문에 혀가 마비되어 말하기가 쉽지 않았다. "당신, 많이 늙었군요. 머리도 백발이 다 됐고. 하지만 그 옛날 더러운 발에다 남루한 옷을 걸치고 내 장원에 들어설 때의 젊은 사문과 비슷해요. 나와 카마스와미를 떠날 때보다 지금이 더 젊어 보여요. 눈빛도 사문 시절과 비슷하고. 아, 싯다르타, 나도 이제 늙었어요. 나를 알아보겠어요?"

싯다르타는 미소를 지었다. "바로 알아봤지, 사랑하는 카말라."

카말라는 소년을 가리키며 말했다. "이 아이도 알아보겠어요? 당신 아들이에요."

그녀의 두 눈이 서서히 초점을 잃더니 결국 감기고 말았다. 소년은 울음을 터뜨렸고, 싯다르타는 아이를 무릎에 앉힌 채 머리를 쓰다듬으며 울게 내버려두었다. 아이의 얼굴을 보고 있으니 문득 자신이 어렸을 때 배운 바라문의 기도가 떠올랐다. 그는 천천히 노래하듯이 기도를 읊조렸다. 과거의 어린 시절이 말이 되어 그의 입에서 흘러나왔다. 싯다르타의 노랫소리에 아이는 차츰 안정되었고, 몇 번 훌쩍거리다가 잠이 들었다. 싯다르타는 소년을 바수데바의 침상에 살며시 뉘었다. 바수데바는 아궁이에서 밥을 짓고 있었다. 싯다르타가 그에게 눈길을 보내자 그는 미소로 화답했다.

"이 여자는 죽을 겁니다." 싯다르타가 나직이 말했다.

바수데바는 고개를 끄덕였다. 아궁이 불빛에 온화한 얼굴이 드러났다.

카말라는 다시 한 번 의식을 되찾았다. 얼굴은 고통으로 일그러져 있었다. 싯다르타는 그녀의 입과 창백한 두 뺨에 드러난 극심한 고통을 읽었고, 그 고통 속으로 깊이 침잠하며 고요히, 주의 깊게,

기다리는 마음으로 그녀를 내려다보았다. 카말라도 그것을 느꼈는지 싯다르타의 눈을 찾았다.

그녀가 말했다. "지금 보니 당신의 눈도 달라졌네요. 예전과 완전히 달라요. 당신이 싯다르타인 걸 내가 어떻게 알 수 있죠? 당신은 싯다르타이면서도 싯다르타가 아니에요."

싯다르타는 아무 말도 하지 않고 고요히 그녀의 눈만 들여다보았다.

"당신은 그것을 얻었나요?" 그녀가 물었다. "마음의 평화 말이에요."

그는 미소를 지으며 그녀의 손에 자기 손을 얹었다.

"그래 보여요." 그녀가 말했다. "그래 보여요. 나도 마음의 평화를 얻고 싶어요."

"당신은 이미 얻었어." 싯다르타가 속삭이듯 말했다.

카말라는 그의 눈을 꼿꼿이 들여다보았다. 자신이 아들과 함께 완성자 고타마의 얼굴을 보고 그에게서 마음의 평화를 얻기 위해 순례를 떠났다는 사실이 떠올랐다. 그런데 지금 그분 대신 싯다르타를 만났다. 그건 고타마를 만난 것만큼이나 잘된 일이었다. 그녀는 이 사실을 싯다르타에게 말하려고 했으나 혀가 뜻대로 움직여주지 않았다. 카말라는 말없이 그를 바라보기만 했고, 싯다르타는 그녀의 눈에서 생명이 꺼져가고 있음을 보았다. 마지막 고통이 그녀의 눈에 가득했다가 사라지고, 그녀의 사지에 마지막 경련이 일었다가 멈추었을 때 그는 그녀의 눈을 감겨주었다.

싯다르타는 한참 동안 그대로 가만히 앉아 영면에 든 그녀의 얼굴을 보았다. 늙고 지친 입, 얇은 입술…. 자신이 인생의 청춘기에

막 터진 무화과 열매에 비유한 입이었다. 그는 오랫동안 거기 앉아 그녀의 창백한 얼굴과 지친 주름을 들여다보았고, 이 모습을 마음에 가득 담았다. 그 속에 자신의 얼굴도 보였다. 마찬가지로 창백하고 생명의 빛이 꺼진 얼굴이었다. 젊은 시절의 자신과 그녀의 얼굴이 동시에 보이기도 했다. 붉은 입술, 이글거리는 눈…. 이 모든 것이 동시에 현존한다는 감정이, 그 영원성의 감정이 내면으로 깊이 파고들었다. 순간 과거 어느 때보다 모든 생명의 불멸성과 모든 찰나의 영원성을 더 강렬하고 깊이 느꼈다.

싯다르타가 일어났을 때 바수데바는 벌써 밥상을 차려놓고 있었다. 그러나 싯다르타는 먹지 않았다. 두 노인은 염소를 키우는 외양간에 짚을 깔아 잠자리를 만들었고, 바수데바는 그 위에 누워 잠을 청했다. 하지만 싯다르타는 밖으로 나가 오두막 앞에 앉아, 강물 소리에 귀를 기울이고 과거의 물줄기에 온몸을 적시고 인생의 모든 시간과 재회하면서 밤을 새웠다. 그러다 가끔 일어나 오두막 문쪽으로 가 소년이 자는지 귀를 기울였다.

해가 뜨기 전 이른 새벽에 바수데바는 외양간 밖으로 나가 친구에게 걸어갔다.

"한숨도 안 잤군요." 그가 말했다.

"예, 바수데바. 여기 앉아 강물 소리를 들었습니다. 강은 많은 이야기를 들려주었고, 내 마음에 위안이 되는 생각을 심어주더군요. 삼라만상이 하나로 연결되어 있다는 통일성의 생각이죠."

"당신은 고통을 겪었어요, 싯다르타. 하지만 그 어떤 슬픔에도 당신이 흔들리지 않으리라는 걸 나는 알아요."

"그래요, 친구. 슬퍼해야 할 이유가 어디 있겠습니까? 과거의 나는 부유하고 행복했지만, 지금은 더 부유하고 더 행복해졌습니다. 아들도 선물로 받았고요."

"나도 당신 아들을 환영합니다. 하지만 싯다르타, 이제 일을 하러 갑시다. 할일이 많아요. 카말라는 예전에 내 아내가 죽은 침상에서 숨을 거두었어요. 내 아내를 화장했던 언덕에다 장작을 쌓고 카말라를 화장하도록 합시다."

소년이 아직 잠들어 있는 동안 두 사람은 장작을 쌓아올렸다.

아들

소년은 겁먹은 얼굴로 울면서 어머니의 다비식에 참석했고, 자신을 아들로 환영한다면서 바수데바의 오두막에서 함께 잘 지내보자고 다독이는 싯다르타의 말도 침울하고 못마땅한 표정으로 듣기만 했다. 소년은 창백한 얼굴로 며칠 동안 망자를 화장한 언덕에 앉아 아무것도 먹지 않았고, 눈도 마음도 닫은 채 자신에게 닥친 운명을 받아들이지 않으려 했다.

싯다르타는 소년을 애지중지했고, 소년이 하자는 대로 내버려두었으며, 소년의 슬픔을 존중했다. 또한 생판 처음 본 남자를 아버지로 받아들이고 여느 아버지처럼 사랑할 수 없다는 사실도 이해했고, 열한 살 난 이 아이가 버릇이 잘못 든 응석받이라는 사실과 부유한 생활에 젖어 맛있는 음식과 푹신한 침대, 하인에게 명령하는 것에 익숙해져 있다는 사실도 이해했다. 게다가 슬픔에 젖은 이 응석받이가 갑자기 바뀐 낯선 환경과 가난한 삶에 흔쾌히 따를 수 없다는 점도 충분히 이해했다. 그는 아이에게 강요하지 않았고, 아이를 세심하게 챙겨주었으며, 항상 가장 맛있는 것만 골라 먹였다. 인내심을 갖고 다정하게 대하다 보면 언젠가는 아이의 마음을 얻을 수 있으리라고 기대하면서.

아이가 자신에게 왔을 때 그는 스스로 부유하고 행복한 사람이라고 느꼈다. 하지만 시간이 지나 소년이 여전히 우울한 얼굴로 마음을 열지 않고, 건방지고 반항적인 태도를 보이고, 일도 하지 않고, 어른에게 존경심을 보이지 않고, 심지어 바수데바의 나무에서 열매까지 훔쳐 먹자 싯다르타는 아들이 자신에게 행복과 평화가 아니라 고통과 근심임을 깨닫기 시작했다. 그러나 그는 아들을 사랑했고, 아들 없이 행복과 기쁨을 누리느니 차라리 아들에 대한 사랑으로 고통과 근심을 얻는 편이 낫다고 생각했다.

소년 싯다르타가 오두막에서 같이 지내게 된 뒤로 두 노인은 일을 분담했다. 바수데바는 뱃사공 일을 다시 혼자 떠맡았고, 싯다르타는 아들을 돌보기 위해 오두막에 머물며 집안일과 들일을 맡았다.

싯다르타는 아들이 자기를 이해하게 되기를, 자신의 사랑을 받아주기를, 그 사랑에 응답해주기를 오랫동안, 수개월이 지나도록 기다렸다. 바수데바도 긴 세월을 말없이 지켜보며 함께 기다려주었다. 그러던 어느 날, 소년 싯다르타가 또다시 고집과 변덕을 부리며 아버지를 괴롭혔고 아버지의 밥그릇까지 두 개를 깨뜨려버리자 저녁에 바수데바가 친구를 불러내어 말을 꺼냈다.

"오해하지 말고 들어줘요, 친구. 충정에서 하는 말입니다. 당신이 근심하고 괴로워하는 걸 알고 있어요. 당신의 아들은 당신뿐 아니라 내게도 걱정을 끼치고 있습니다. 저 어린 새는 여기와 다른 생활, 다른 보금자리에 익숙해져 있어요. 당신처럼 부유한 도시 생활이 역겹고 진저리쳐져서 도망친 게 아닙니다. 자기 의지와는 상관없이 강제로 그런 삶을 떠나게 된 것이지요. 나는 강물에 물어보았습니다. 그것도 여러 번이나. 그때마다 강물은 비웃더군요. 나를 비웃고 당신을 비웃고, 우리의 어리석음에 고개를 젓더군요. 물은 물과 어울리고, 청춘은 청춘과 어울리는 법인데, 당신의 아들은 지금 마음껏 꽃필 수 있는 곳에 있지 않습니다. 당신이 직접 강물에 물어보고, 강물의 말을 들어보세요!"

싯다르타는 수많은 주름살 속에 한결같은 평온이 깃들어 있는 친구의 다정한 얼굴을 수심이 가득한 표정으로 바라보았다.

"내가 아들과 헤어질 수 있을까요?" 싯다르타는 부끄러워하는 기색으로 나직이 말했다. "내게 시간을 주세요! 알다시피 난 저 아이를, 저 아이의 마음을 얻으려 애쓰고 있어요. 최대한 다정한 인내심으로 저 아이를 붙잡으려 하고 있어요. 언젠가 때가 되면 저 아이에게도 강이 말을 건네고, 저 아이도 부름을 받게 되겠지요."

바수데바의 얼굴에 더 따뜻한 미소가 피어올랐다. "그렇고말고요. 저 아이도 부름을 받겠지요. 저 아이 또한 영원한 생명에서 왔으니까. 그렇지만 우리가, 그러니까 당신과 내가 과연 저 아이가 어떤 부름을 받고, 어떤 길을 가고, 어떤 일을 하고, 어떤 고통을 겪도록 부름을 받을지 알 수 있을까요? 고집이 세고 성정이 드센 아이이니, 그만큼 고통도 적지 않을 겁니다. 그런 사람은 남들보다 더 큰 고통을 겪고, 더 많이 방황하고, 더 많은 과오를 범하고, 더 많은 죄업을 쌓게 되겠지요. 벗이여, 말해봐요. 당신은 저 아이를 교육하고 있지 않나요? 저 아이에게 강요하지 않나요? 저 아이를 때리지 않나요? 저 아이를 벌주지 않나요?"

"아뇨, 바수데바, 결코 그런 일은 하지 않아요."

"그래요, 당신은 아이에게 강요하지도 명령하지도 않고, 아이를 때리지도 않아요. 부드러움이 딱딱함보다 강하고, 물이 바위보다 강하고, 사랑이 폭력보다 강하다는 것을 알기 때문이지요. 아주 훌륭해요. 칭찬합니다. 하지만 저 아이에게 강요하지도 벌을 주지도 않다고 여기는 건 혹시 당신의 착각이 아닐까요? 혹시 사랑의 끈으로 아이를 속박하고 있는 건 아닐까요? 당신은 저 아이를 매일같이 부끄럽게 만들고, 호의와 인내심으로 저 아이를 더 힘들게 만드는 건 아닐까요? 버릇없이 자란 저 응석받이에게는, 쌀밥을 특별한 음식이라고 여기고 평소에는 바나나만 먹는 두 노인네와 함께 오두막에 사는 것이 강요일 거라는 생각은 안 해봤나요? 저 아이의 생각은 우리 노인네와는 다르고, 저 아이의 심장은 늙고 고요한 우리 노인네와는 다르게 뛰지 않을까요? 저 아이에게는 이 모든 게 강요이자 끔찍한 벌로 느껴지지 않을까요?"

싯다르타는 당황해서 시선을 바닥에 떨구었다. 그러더니 나지막이 물었다. "그럼 어떻게 해야겠습니까?"

바수데바가 말했다. "저 아이를 어머니와 살던 도시 집으로 데려다주세요. 그곳에는 아직 하인들이 남아 있을 테니 그들에게 아이를 맡기세요. 만일 남아 있지 않다면 스승을 구해 맡기세요. 가르침을 받게 하라는 게 아니라 다른 남자애나 여자애들과 쉽게 어울릴 수 있고 원래 그 아이가 속해 있던 세계 속으로 들여보내기 위해서죠. 그런 생각은 안 해봤나요?"

"내 마음을 꿰뚫어 보고 있군요." 싯다르타가 슬프게 말했다. "나도 여러 번 그 문제에 대해 생각해봤어요. 하지만 그렇지 않아도 성정이 부드럽지 않은 아이를 어떻게 그런 세상 속으로 보낼 수 있겠습니까? 저 아이는 더욱 오만해질 것이고, 쾌락과 권력에 쉽게 빠지고, 아비의 과오를 되풀이하면서 윤회의 소용돌이 속으로 휘말려 들어가지 않을까요?"

뱃사공은 환하게 미소 짓더니 싯다르타의 팔을 부드럽게 잡으며 말했다. "친구여, 그것도 강물에 물어보세요! 그 말을 듣고 강이 웃는 소리를 들어보세요! 당신이 과거에 저지른 어리석은 행동이 정말 지금의 아들이 똑같은 잘못을 저지르지 못하게 하려고 일어난 일이라고 생각하나요? 당신이 아들을 윤회의 소용돌이로부터 어떻게든 지켜줄 수 있을 거라고 생각하나요? 대체 어떻게요? 가르침으로, 기도로, 훈계로? 친구여, 당신은 언젠가 이 자리에서 내게 바라문의 아들 싯다르타에 관해 정말 가슴에 새겨들을 만한 이야기를 들려주었는데, 그걸 벌써 잊었나요? 사문 시절의 싯다르타를 윤회로부터, 죄악과 탐욕, 어리석음으로부터 지켜준 것이 대체 무엇이었나요? 아버지의 신앙심? 스승의 훈계? 혹은 당신 자신의 노력과 지식? 스스로 자기 삶을 선택하고, 스스로 그 삶을 더럽히고, 스스로 죄과를 짊어지고, 스스로 쓰디쓴 고배를 마시고, 스스로 자기 길로 나아가는 걸 어떤 아버지가, 어떤 스승이 막을 수 있지요? 친구여, 누군가에게는 정말 그런 과정이 면제될 수 있을 거라고 생각하나요? 당신이 사랑하는 아들만큼은 그런 번뇌와 고통, 환멸을 겪지 않기를 바란다고 해서 그게 그렇게 될까요? 아들을 위해 열 번 죽는다고 해도 당신은 그 아이가 짊어진 운명의 무게를 털끝

만큼도 덜어줄 수 없을 겁니다."

바수데바가 이렇게 말을 많이 한 것은 처음이었다. 싯다르타는 친구에게 감사의 인사를 건넨 뒤 무거운 마음으로 오두막으로 돌아갔다. 그러나 오랫동안 잠을 이루지 못했다. 사실 바수데바가 한 말은 모두 자신도 이미 알고 있고 생각한 내용이었다. 다만 앎을 행동으로 옮기지 못했을 뿐이다. 아들을 사랑하고 아끼는 애틋한 마음이, 아들을 잃을지도 모른다는 불안감이 앎보다 더 강했던 것이다. 살아오면서 무언가에 이토록 마음을 빼앗긴 적이 있었던가? 누군가를 이렇게 맹목적으로, 이렇게 고통스럽게, 이렇게 보답도 없이, 그럼에도 이렇게 행복하게 사랑한 적이 있었던가?

싯다르타는 친구의 충고를 따를 수 없었다. 아들을 이대로 놓을 수 없었다. 아들이 자신을 하인 부리듯 부려도, 멸시해도 개의치 않았다. 그저 묵묵히 기다렸다. 이렇게 해서 매일같이 친절과 인내라는 무언의 전쟁이 시작되었다. 바수데바 역시 침묵하고 기다렸다. 모든 것을 아는 사람의 표정으로 다정하고 느긋하게 기다렸다. 참을성 면에서는 두 사람 다 대가였다.

아들의 얼굴을 보면서 유난히 카말라가 떠오르던 어느 날, 싯다르타는 젊은 시절에 그녀가 자신에게 했던 말이 기억났다. "당신은 사랑할 수 없는 사람이야." 그는 이 말에 동의하면서, 자신을 하늘의 별에, 어린아이 같은 세상 사람들을 떨어지는 나뭇잎에 비유했지만, 그녀의 그 말에 비난이 배어 있음을 느꼈다. 사실 그는 한 번도 누군가에게 온전히 빠지거나 헌신하지 못했고, 사랑 때문에 정신을 잃고 어리석은 짓을 저지른 적이 없었다. 그건 그가 할 수 없는 일이었고, 당시에는 그것이 바로 자신과 세상 사람들을 가르는 중요한 차이라고 생각했다. 그런데 아들이 온 뒤로 그런 싯다르타도 완전히 아이 같은 세속인이 되어 한 인간 때문에 괴로워하고, 한 인간을 사랑하고, 그 사랑에 빠져 허우적거리고, 사랑 때문에 바보가 되었다. 삶의 늘그막에 접어든 지금에야 그는 처음으로 이렇게 강렬하고 이상한 열정의 포로가 되었고, 그 열정 때문에 번뇌하고 괴로워하고, 그럼에도 행복해하면서 예전에 비해 좀 더 새로워지고 부자가 된 듯했다.

그도 이 사랑이, 아들에 대한 맹목적인 사랑이 욕정의 일종이고, 무척 세속적이고, 윤회이고, 미망의 원천이고, 어두운 강물임을 잘 알고 있었다. 그럼에도 이게 쓸데없는 것이 아니라 필수불가결하고, 자신의 본성에서 나온 거라고 느꼈다. 그렇다면 이 쾌락 또한 속죄해야 했고, 그로 인한 고통을 끝까지 맛보아야 했으며, 이 바보 같은 짓 또한 저질러봐야 했다.

한편, 아들은 아버지가 이런 바보 같은 짓을 하든, 자신의 환심을 사려고 하든, 매일같이 자신의 변덕에 비위를 맞추려고 하든 못 본 척했다. 이 아버지라는 사람에게는 아들인 자신이 기뻐하거나 두려워할 만한 것이 전혀 없었다. 그저 선량하고 인자하고 부드러운 사람이었고, 어쩌면 경건한 성자에 가까운 사람이었다. 아들은 그런 성품들에는 조금도 마음이 움직이지 않았다. 자신을 초라한 오두막에 가둬놓은 아버지는 지루하기 짝이 없는 사람이었다. 자신의 어떤 버릇없는 행동에도 미소 짓고, 어떤 모욕에도 다정하게 굴고, 어떤 악의에도 선하게 응대하는 이 모든 태도가 늙은 위선자의 가증스러운 술수로 여겨졌다. 소년으로서는 차라리 야단을 맞고 학대를 당하는 편이 훨씬 나을 듯했다.

그러던 어느 날, 소년 싯다르타는 결국 폭발해서 아버지에게 대놓고 맞섰다. 아버지가 땔감을 해오라고 하자 소년은 오두막에서 나올 생각을 하지 않았고, 고집스럽게 버티고 서서 발을 구르고 주먹을 쥔 채 고래고래 고함을 지르면서 아버지에게 증오와 멸시의 말을 퍼부어댄 것이다.

"땔감은 직접 해와!" 소년은 입에 거품을 물고 소리쳤다. "나는 당신 종이 아냐. 나를 때리지도 않을 거라는 거 알아. 그럴 용기도 없잖아. 당신이 늘 경건함과 자비로움으로 나를 벌주면서 굴복시키려고 하는 걸 내가 모를 줄 줄아? 그런다고 내가 당신처럼 경건하고 자비롭고 현명한 사람이 될 줄 알아? 잘 들어, 난 당신을 괴롭힐 거야. 당신처럼 되느니 차라리 강도나 살인자가 돼서 지옥에 떨어지겠어! 당신을 증오해. 당신은 내 아버지가 아냐. 당신이 열 번이나 내 어머니의 정부였다고 해도 마찬가지야!"

소년은 분노와 원한에 사무쳐 아버지에게 거칠고 모진 말을 수없이 퍼부었다. 그러더니 대문을 박차고 나가 밤늦게야 돌아왔다.

다음날 아침 소년은 사라졌다. 두 사공이 뱃삯으로 받은 동전과 은화를 넣어둔, 두 가지 색깔의 인피靭皮로 짠 작은 바구니도 함께 사라졌다. 강가의 나룻배도 보이지 않았다. 싯다르타는 건너편 강가에 나룻배가 있는 것을 보았다. 아들이 도망친 것이다.

"쫓아가야 해요." 전날 아들에게 심한 욕설을 들은 뒤로 너무 비통해서 치를 떨었던 싯다르타가 말했다. "아직 어려서 혼자서는 숲을 지나갈 수 없어요. 죽고 말 거라고요. 바수데바, 강을 건널 뗏목을 만들어야겠어요."

"같이 만들도록 해요." 바수데바가 말했다. "녀석이 타고 간 배를 가져오려면 뗏목이 필요하니까. 하지만 친구, 당신 아들은 그냥 도망치도록 놔두는 편이 좋겠어요. 더는 어린아이가 아니니 혼자서 살아갈 방도를 찾을 거예요. 녀석은 도시로 갈 겁니다. 그게 맞는 길이에요. 그걸 잊지 말아요. 녀석은 당신이 미적거리다가 제때 못해준 걸 뒤늦게 스스로 하고 있는 겁니다. 스스로 자기를 돌보고, 자기 길을 찾아가고 있는 거라고요. 아, 싯다르타, 당신이 지금 얼마나 고통스러운지 알아요. 하지만 남들은 비웃을 고통이고, 얼마 지나면 당신도 웃어넘길 고통입니다."

싯다르타는 아무 대답 없이 벌써 도끼를 들고 대나무로 뗏목을 만들기 시작했다. 바수데바는 새끼줄로 대나무 줄기 묶는 일을 거들었다. 이어 두 사람은 뗏목을 타고 출발했고, 상류 쪽으로 멀리 떠내려간 뒤에야 건너편 강가에 닿았다.

"도끼는 왜 챙겨온 겁니까?" 싯다르타가 물었다.

바수데바가 대답했다. "나룻배의 노가 없어졌을지도 모르니까요."

싯다르타는 친구가 무슨 생각을 하는지 금방 알아차렸다. 소년이 아버지에게 복수를 하고 아버지의 추격을 방해하려고 노를 버렸거나 부숴버렸으리라고 생각한 것이다. 배에는 정말 노가 보이지 않았다. 바수데바는 미소 띤 얼굴로 뱃바닥을 가리키며 친구를 바라보았다. 마치 눈으로 이렇게 말하는 듯했다. '이래도 아들이 당신한테 무슨 말을 하려고 하는지 모르겠어요? 이래도 당신이 쫓아오는 것을 아들이 원한다고 생각하세요?' 바수데바는 이 말을 굳이 입 밖에 내지는 않았다. 대신 새 노를 만들기 시작했다. 그러나 싯다르타는 그에게 작별 인사를 하고는 달아난 아들을 찾으러 부리나

케 달려갔다. 바수데바는 그를 막지 않았다.

싯다르타는 장시간 숲속을 헤매다가 문득 이게 소용없는 짓이라는 생각이 들었다. 아들은 이미 오래전에 도시에 도착했거나, 아니면 지금 그리로 가는 중이라고 해도 추격자를 피해 어딘가에 숨어 있을 것 같았다. 이런 생각을 계속 이어가다가 싯다르타는 마음속 깊은 곳에서 자신이 더는 아들을 크게 염려하지 않는다는 사실을 깨달았다. 아들이 죽지도 않았고, 숲속에서 위험에 빠지지도 않았으리라는 확신이었다. 그럼에도 쉬지 않고 달렸다. 아들을 구하기 위해서가 아니라 한 번이라도 더 보기 위해서였다. 그는 달리고 달려 마침내 도시 앞에 도착했다.

도시 근교의 큰길에 이르렀을 때 싯다르타는 걸음을 뚝 멈추었다. 그 옛날 카말라의 소유였던 아름다운 장원 입구였다. 가마에 탄 카말라를 처음 본 게 여기였다. 그때 일이 마음속에서 생생하게 피어올랐다. 젊은 시절의 그가 거기 서 있었다. 덥수룩한 수염에 먼지를 뒤집어쓴 벌거벗은 사문이었다. 싯다르타는 한참을 서서 열려 있는 대문으로 장원 안을 들여다보았다. 아름다운 나무 아래 황색 가사를 걸친 승려들이 걸어다니고 있었다.

싯다르타는 깊은 생각에 잠겨 과거의 장면을 보고 자신의 인생 이야기에 귀를 기울이면서 한참을 서 있었다. 육신의 눈은 장원 안의 승려들에게로 향해 있었지만, 마음의 눈은 높은 나무 아래 거니는 젊은 싯다르타와 아름다운 카말라를 보고 있었다. 카말라에게서 음식 대접을 받던 장면, 그녀와의 첫 키스, 바라문 시절을 오만하고 경멸스런 눈으로 회상하던 모습, 자부심과 욕망에 가득 찬 채 속인의 삶을 시작하던 모습이 눈앞에 또렷이 떠올랐다. 카마스와미의 모습도 보였고, 하인들과 연회, 노름꾼, 악사의 모습도 보였으며, 새장에 갇힌 카말라의 새도 보였다. 그는 이 모든 것을 다시 한번 마음으로 겪었고, 윤회를 호흡했고, 다시 한번 늙고 지쳤으며, 다시 한번 구역질을 느꼈고, 다시 한번 자신을 소멸시키고자 하는 욕망을 느꼈고, 다시 한번 성스러운 옴으로 치유받았다.

한참을 그렇게 장원 대문 앞에 서 있던 싯다르타는 자신을 이곳까지 몰고 온 욕망이 어리석은 것임을, 자신은 아들을 도와줄 수 없고 아들에게 집착해서도 안 된다는 사실을 깨달았다. 또한 도망친 아들에 대한 사랑이 상처처럼 마음속 깊이 자리 잡은 것을 느꼈고, 그러면서 동시에 그 상처가 자신의 마음을 헤집기 위해서가 아니라 꽃을 활짝 피우고 빛을 발하기 위해 주어진 것임을 느꼈다.

하지만 지금 이 순간에는 상처가 아직 꽃피지도 빛을 발하지도 못하고 있다는 사실이 슬펐다. 도망친 아들을 쫓아 여기까지 오게 만든 목표가 사라진 자리에 이제 공허가 들어섰다. 그는 침통한 심정으로 자리에 털썩 주저앉았고, 마음속에서 무언가가 죽어가는 것을 느끼며 공허가 찾아왔다. 더는 기쁨도 목표도 보이지 않았다. 싯다르타는 내면으로 깊이 침잠한 채 기다렸다. 기다리고 인내하고 경청하는 것은 강에서 배운 것이었다. 그는 거리의 먼지를 뒤집어쓰고 앉아 귀를 기울였다. 지치고 슬프게 뛰는 심장 박동 소리를 유심히 들었고, 어떤 목소리가 들리길 기다렸다. 몇 시간째 그렇게 웅크리고 앉아 귀를 기울였다. 어떤 이미지도 어떤 길도 보지 않으면서 공空의 세계로 가라앉아 마음속 깊이 침잠했다. 마음속 상처가 화끈거릴 때마다 속으로 옴을 읊조렸고, 옴으로 자신을 가득 채웠다. 이윽고 장원의 승려들이 그런 싯다르타를 발견했다. 먼지를 잔뜩 뒤집어쓰고 몇 시간이고 웅크리고 앉아 있는 백발노인을 보고 한 승려가 다가와 바나나 두 개를 놓고 갔다. 노인의 눈에는 그 승려조차 보이지 않았다.

뿌리를 내린 것처럼 미동도 없이 앉아 있던 싯다르타를 깨운 건 어깨에 닿은 부드럽고 조심스러운 손길이었다. 그는 이게 누구의 손길인지 바로 알아차리고는 정신을 차렸다. 싯다르타는 자리에서 일어나 자신을 뒤쫓아온 바수데바에게 인사를 건네고는 바수데바의 다정한 얼굴, 순수한 미소를 머금은 잔주름, 맑은 두 눈을 들여다보며 미소를 지어주었다. 그제야 앞에 놓인 바나나가 보였다. 그는 그것을 집어들고 하나는 뱃사공에게 주고 하나는 자신이 먹었다. 곧이어 두 사람은 묵묵히 숲을 지나 나루터로 돌아갔다. 누구도 오늘 있었던 일을 입 밖으로 꺼내지 않았고, 누구도 소년의 이름을, 소년이 달아난 일을, 싯다르타의 상처를 언급하지 않았다. 오두막에 이르자 싯다르타는 바로 잠자리에 들었다. 잠시 후 바수데바가 야자유 한 사발을 들고 들어갔을 때 그는 이미 잠들어 있었다.

옴

상처는 오래갔다. 가끔 아들이나 딸과 함께 여행하는 사람들을 강 건너편으로 건네줄 때마다 부러운 생각을 지울 수 없었다. '일상의 소중한 행복을 누리는 사람이 저리도 많은데, 나는 왜 그러지 못할까? 심지어 악인이나 도둑, 강도도 자식이 있고, 자식을 사랑하고, 자식에게 사랑받는데, 왜 나만 그러지 못할까?' 이제 싯다르타는 이렇게 단순하고 분별없는 생각을 하면서 세속의 어린아이 같은 사람들을 닮아갔다.

이제는 사람들을 보는 눈도 달라졌다. 그들을 깔보던 오만한 태도는 약해졌고, 대신 더 따뜻하고 더 호기심 어리고 더 관심을 가진 눈으로 그들을 보았다. 일반적인 여행객들, 예를 들어 어린아이 같은 사람들, 장사꾼, 전사, 여자들을 태우고 강을 건널 때도 더는 이들이 예전처럼 낯설게 느껴지지 않았다. 그는 그들을 이해했고, 그들의 생각이나 사사로운 분별력뿐 아니라 충동이나 욕망에 사로

잡힌 그들의 삶에도 공감하게 되었다. 그는 스스로를 그들과 비슷한 존재로 느꼈다. 완성에 가까워졌고 마음의 상처로 고통받고 있음에도 이제 그에게는 이 어린아이 같은 사람들이 형제처럼 다가왔고, 그들의 허영기와 탐욕, 어리석은 짓들이 더는 웃음거리가 아니라 이해할 만한 일, 심지어 사랑스럽고 경탄할 만한 일로 보였다. 자식에 대한 어머니의 맹목적인 사랑, 외아들에 대한 아버지의 환상에 가까운 맹목적인 자부심, 패물과 남자들의 경탄 어린 시선을 갈구하는 허영심 많은 여자의 거칠고 맹목적인 욕구, 이 모든 충동과 어린아이 같은 짓, 이 모든 단순하고 어리석고 그러면서도 더 없이 강렬한 생명력으로 뜻을 이루려고 하는 충동과 탐욕이 싯다르타에게는 더 이상 유치하게 비치지 않았다. 사람들은 바로 그런 것들을 위해 살았고, 그런 것들 때문에 엄청난 성취를 거두었고, 여행하고 전쟁하고 무한한 고통을 겪고 견뎌냈으며, 그런 것들 때문에 사랑할 수 있었다. 싯다르타는 그런 각자의 열정과 행위 속에서 생명을 보았고, 생명의 힘과 불멸의 것, 브라흐만을 보았다. 세속의 사람들은 그런 맹목적인 신의와 맹목적인 힘, 강인함이 있었기에 사랑스럽고 경탄할 만한 가치가 있었다. 그들에게는 없는 것이 없었다. 지식인이나 사상가가 그들보다 나은 것은 아주 사소한 것, 정말 티끌만큼 하찮은 것 하나뿐이었다. 만 생명의 통일성에 관한 의식意識이었다. 싯다르타는 이따금 그런 지식과 사상조차 그렇게 높은 평가를 받아야 하는지 의문스러웠다. 그것 역시 따지고 보면 사유 인간들, 그러니까 사유하는 어린아이 같은 인간들의 유치한 짓거리가 아닐까? 어쨌든 그것을 제외하면 다른 모든 점에서 세속인은 현자와 동등했다. 아니, 현자보다 훨씬 우월할 때가 많았다. 어느 순간 반드시 해야 할 일을 흔들림 없이 끈질기게 해내는 면에서는 짐승이 인간보다 우월하듯이.

싯다르타의 내면에서 지혜가 진정 무엇이고, 자신이 오랫동안 추구해온 목표가 무엇인지에 관한 인식이 서서히 꽃피고 무르익어갔다. 그것은 삶의 한가운데서 매순간 삼라만상의 통일성을 생각하고 느끼고 호흡하고자 하는 마음의 자세이자 능력이자 비밀스러운 기술에 다름 아니었다. 이것이 서서히 그의 내면에서 꽃피워가고 있었다. 조화, 세상의 영원한 완전성에 대한 통찰, 미소, 통일성 같은 것들이었다. 이것들은 바수데바의 늙었지만 아이 같은 얼굴에서도 그에게로 반사되어왔다.

하지만 상처는 여전히 화끈거렸다. 아들을 생각하면 가슴이 쓰리고 애가 끓었다. 그럴수록 가슴속에서는 사랑과 애틋함이 더욱 커졌다. 그는 괴로워 미칠 것만 같았고, 사랑으로 인해 온갖 어리석은 짓을 저질렀다. 이 불길은 저절로 꺼지지는 않았다.

그러던 어느 날 상처가 심하게 화끈거리자 싯다르타는 더 이상 그리움을 이기지 못하고 나룻배에 몸을 실었다. 강을 건너자마자 도시로 달려가 아들을 찾을 생각이었다. 강은 잔잔히 흐르고 있었는데, 건기임에도 강물 소리가 이상했다. 강이 웃고 있었다. 강이 너무나 분명히 웃고 있었다. 지금 배를 타고 가는 늙은 사공을 향해 까르르 비웃고 웃었다. 싯다르타는 노를 멈춘 뒤 강의 소리를 좀더 잘 들으려고 물 쪽으로 몸을 숙였다. 고요히 흘러가는 강물에 자기 얼굴이 비쳤다. 그런데 그 얼굴 속에 지금껏 잊고 있던 무언가가 보였다. 곰곰이 생각해보니 무엇인지 알 것 같았다. 아는 얼굴이었다. 오래전 자신이 사랑했고, 그러면서도 두려워했던 타인의 얼굴과 비슷했다. 바로 바라문이었던 아버지였다. 싯다르타는 먼 옛날 젊은 시절에 사문들을 따라가게 해달라고 아버지를 조르고, 그렇게 아버지와 작별한 뒤 다시는 집으로 돌아가지 않은 일이 떠올랐다. 아버지 역시 지금의 그처럼 똑같은 고통을 겪지 않았을까? 아버지는 아들을 두 번 다시 보지도 못한 채 오래전에 쓸쓸하게 돌아가시지 않았을까? 자신에게도 똑같은 운명이 기다리고 있지 않을까? 이 반복, 이 숙명적인 순환은 희극이 아닐까? 기묘하고 어리석은 일이 아닐까?

강은 웃고 있었다. 그렇다, 마지막 한 조각까지 모조리 겪지 않아 해결되지 않은 고통은 전부 다시 돌아와 반복해서 겪어야 했다. 싯다르타는 다시 나룻배를 타고 오두막으로 돌아오면서 아버지를 생각하고 아들을 생각했다. 강물은 그를 비웃었고, 그 역시 자기 자신과의 싸움에서 자포자기의 심정이 되어 자신과 온 세상을 크게 비웃고 싶었다. 아, 아직도 상처는 활짝 꽃피지 않았고, 여전히 마음은 자신의 운명에 저항하고 있었으며, 고통에서는 지금도 환한 승리의 빛이 비치지 않았다. 그럼에도 그는 희망을 느꼈다. 오두막으로 돌아왔을 때 경청의 대가인 바수데바에게 모든 것을 털어놓고 모든 것을 내보이고 모든 것을 이야기하고픈 강렬한 욕구를 느꼈다.

바수데바는 오두막에 앉아 바구니를 짜고 있었다. 그는 더 이상 나룻배를 타지 않았다. 눈은 점점 침침해지기 시작했다. 아니, 눈만 아니라 팔과 손의 힘도 약해졌다. 다만 기쁨과 맑은 선의의 꽃은 변함없이 얼굴에 활짝 피어 있었다.

싯다르타는 노인 곁에 앉아 천천히 자기 이야기를 시작했다. 이제껏 바수데바에게 한 번도 이야기하지 않은 것들이었다. 아들을 뒤쫓아 도시에 갔을 때 있었던 일에 대해, 화끈거리는 상처에 대해, 행복한 아버지들을 볼 때마다 느끼는 부러움에 대해, 그 같은 욕망이 어리석은 것임을 아는 것에 대해, 또 그 욕망에 맞서는 자신의 부질없는 투쟁에 대해 이야기했다. 그는 모든 것을 고백했다. 곤혹스러운 부분까지 하나도 빠뜨리지 않고 이야기하고 내보이고 털어놓았다. 자신의 상처를 보여주었고, 오늘 아들을 찾아 도시로 가려고 강을 건넜던 유치한 도주와 강이 그를 비웃던 일까지 전부 이야기했다.

싯다르타가 이야기를 길게 이어가는 동안 바수데바는 고요한 얼굴로 귀를 기울였다. 그 어느 때보다 주의 깊게 듣고 있는 것 같았다. 싯다르타는 자신의 고통과 불안이, 은밀한 희망이 바수데바에게로 강물처럼 흘러갔다가 다시 자신에게로 돌아오는 것을 느꼈다. 이처럼 주의 깊게 듣는 이에게 상처를 내보이는 건 마치 강물과 하나될 때까지 상처를 강물에 씻어내는 것과 비슷했다. 그런데 그렇게 계속 이야기하고 털어놓고 고백하는 동안 싯다르타는 지금 자기 말에 귀 기울이는 상대가 더 이상 바수데바가 아닌 것 같다는, 더 이상 인간 존재가 아닌 것 같다는 생각이 들었다. 미동도 없이 경청하는 이 사람은 마치 나무가 빗물을 빨아들이듯 싯다르타의 이야기를 자기 속으로 빨아들이고 있었다. 싯다르타는 이 존재가 강자체, 신 자체, 영원성 자체라는 느낌을 점점 더 강하게 받았다. 그는 자기 자신과 자신의 상처에 관한 생각을 멈춘 동안 바수데바의 달라진 이 본질에 대한 인식에 이르렀고, 그것을 느끼면 느낄수록, 그것에 파고들면 들수록 이 모든 것이 결코 이상한 일이 아니라 자연스러운 순리임을 깨닫게 되었다. 바수데바는 벌써 오래전부터, 아니 거의 언제나 그런 존재였다. 다만 싯다르타 역시 그와 크게 다르지 않았을 텐데도 그 자신만 그걸 제대로 모르고 있었을 뿐이다. 싯다르타는 자신이 지금, 대중들이 신들을 우러러보듯 늙은 바수데바를 바라보고 있다고 느꼈고, 이런 상태가 계속될 수는 없음을 자각했다. 그는 이미 마음속으로 바수데바에게 작별을 고하고 있었다. 그러면서도 이야기는 계속 이어갔다.

마침내 이야기가 끝나자 바수데바는 다소 힘은 빠졌지만 다정한 눈길로 싯다르타를 바라보았다. 말은 없었다. 다만 눈빛에서 다 안다는 듯한 이해와 사랑, 명랑함이 뿜어져 나왔다. 바수데바는 싯다르타의 손을 잡고 밖으로 나가 강가에 그를 앉히더니, 자신도 그 옆에 앉아 강물에 미소를 보냈다.

"당신도 강물이 웃는 소리를 들었군요." 그가 말했다. "하지만 모든 걸 다 듣지는 못했어요. 함께 귀를 기울여봅시다. 더 많은 것을 듣게 될 테니." 그들은 귀를 기울였다. 많은 목소리가 어우러진 강물의 노랫소리가 은은히 들려왔다. 싯다르타는 강을 들여다보았다. 흘러가는 물살 속에서 여러 형상이 떠올랐다. 아들 때문에 슬퍼하는 자신의 외로운 아버지가 떠올랐고, 마찬가지로 멀리 떠난 아들을 향한 그리움의 사슬에 묶인 자신의 외로운 모습도 떠올랐다. 청춘의 열망에 사로잡혀 미친 듯이 앞으로 달려가는 아들의 모습도 보였다. 역시 외로워 보였다. 모두가 각자의 목표로 향해 달려가고 있었고, 모두가 각자의 목표에 사로잡혀 있었으며, 모두가 각자의 고통을 겪고 있었다. 강물은 고통스런 목소리로 노래를 부르다 그리움을 담은 톤으로 바꾸었고, 그렇게 그리움에 사무쳐 목표를

향해 나아가다가 슬픈 목소리로 다시 노래를 불렀다

바수데바가 눈으로 말없이, 소리가 들리느냐고 물었다. 싯다르타는 고개를 끄덕였다.

"더 잘 들어보세요!" 바수데바가 속삭였다.

싯다르타는 더 잘 들으려고 애썼다. 아버지의 모습, 자신의 모습, 아들의 모습이 한데 섞여서 흘러갔고, 카말라의 모습도 떠올랐다 사라졌으며, 고빈다와 다른 이들의 모습도 한데 어우러져 흘러가다 모두 강이 되었다. 이렇게 다들 하나의 강이 되어, 그리워하고 갈망하고 고통스러워하면서 목표로 나아갔다. 강물 소리에는 그리움과 애끓는 고통, 채워지지 않는 욕망이 가득 담겨 있었다. 강은 목표를 향해 계속 흘러갔다. 싯다르타는 자신과 자신의 식솔, 이제껏 만났던 모든 이들로 이루어진 강물이 급하게 흘러가는 모습을 보았다. 모든 물살이 고통스러워하며 수많은 목표를 향해 달려갔다. 어떤 건 폭포를 향해, 어떤 건 호수를 향해, 어떤 건 급류를 향해, 어떤 건 바다를 향해. 그러다 각자 목표에 이르면 새로운 목표가 나타났다. 강물은 수증기가 되어 하늘로 올라갔다가 비가 되어 다시 떨어졌고, 샘이 되고 냇물이 되고 강물이 되어 새로운 목표를 향해 나아가고 또 나아갔다. 그런데 그리움의 목소리가 달라졌다. 여전히 고통스러워하고 무언가를 갈구하는 듯했지만, 다른 소리들이 합류했다. 환희의 소리와 고통의 소리, 선한 소리와 악한 소리, 웃는 소리와 우는 소리, 그런 백 가지 천 가지 소리가 거기에 섞여 있었다.

싯다르타는 귀를 기울였다. 이제는 마음을 비우고 완전히 듣는 일에만 몰입해서, 들리는 모든 것을 온전히 내면으로 빨아들였다. 비로소 듣는 법을 제대로 알게 된 것 같았다. 물론 예전에도 강에서 나는 이런 많은 소리를 자주 들었지만, 오늘은 아주 새로웠다. 이제는 그 많은 소리가 구분되지 않았다. 기쁨의 목소리는 슬픔의 목소리와 구분되지 않았고, 아이의 목소리는 어른의 목소리와 나누어지지 않았다. 그리움의 하소연과 깨달은 자의 웃음소리, 분노의 절규와 죽어가는 사람의 신음, 이 모든 소리가 한데 어우러졌고, 서로 얽히고 수천 번 뒤엉킨 뒤 하나가 되었다. 모든 소리, 모든 목표, 모든 그리움, 모든 고통, 모든 쾌락, 모든 선과 악, 이 모두가 한데 합쳐진 것이 세상이었다. 이 모두가 합쳐진 것이 사건의 강이자 삶의 음악이었다. 싯다르타가 수천 가지 목소리로 이루어진 강의 노래에 주의 깊게 귀를 기울이자, 고통의 소리와 웃는 소리를 구분하지 않자, 어느 한 소리에 집착해서 마음을 빼앗기지 않고 모든 소리를 한 덩어리로 하나의 통일체로 듣게 되자 수천 가지 소리가 어우러진 이 위대한 노래는 하나의 단어가 되었다. 바로 완성을 뜻하는 옴이었다.

바수데바가 다시 눈으로, 소리가 들리느냐고 물었다.

바수데바의 주름 하나하나마다 환한 미소가 빛났다. 마치 강의 소리 하나하나마다 옴이 깃들어 있는 듯했다. 친구를 바라보는 시선에도 환한 미소가 담겨 있었고, 이제 싯다르타의 얼굴에도 똑같은 미소가 환하게 피어올랐다. 마침내 싯다르타의 상처에서 꽃이 피었고, 그의 고통에서 밝은 빛이 흘러나왔으며, 그의 자아는 통일성 속으로 흘러 들어갔다.

이제 싯다르타는 운명과의 싸움을 그만두었고, 번뇌도 거두었다. 얼굴에는 어떤 의지도 감히 맞설 수 없는 깨달음의 명랑함이 활짝 피어 있었다. 완성을 아는 깨달음이었다. 사건의 강, 생명의 물줄기, 삼라만상의 통일성과 일체를 이룬 깨달음이었다. 이제는 타인의 고통 및 기쁨과 함께하고, 강의 흐름에 오롯이 자신을 맡길 수 있을 것 같았다.

바수데바는 자리에서 일어나 싯다르타의 눈을 들여다보았고, 그 속에 깨달음의 명랑함이 환하게 빛나는 것을 보더니 평소처럼 조심스럽고 부드러운 손길로 그의 어깨를 쓰다듬으며 말했다. "이 순간을 기다렸습니다, 친구. 이제 때가 왔으니 나는 가야겠군요. 오랫동안 이 순간을 기다려왔어요. 오랜 세월 뱃사공 바수데바로 살아왔으니 이만하면 됐어요. 안녕, 오두막이여, 안녕, 강물이여, 안녕, 싯다르타여!"

싯다르타는 작별을 고하는 친구에게 깊이 허리를 숙였다.

"나도 알고 있었습니다." 싯다르타가 나직이 말했다. "이제 숲으로 가실 건가요?"

"숲으로 갑니다. 통일성의 세계로 갑니다." 바수데바는 환한 얼굴로 말했다.

떠나는 그의 모습에서 빛이 났다. 싯다르타는 그런 친구의 뒷모습을 물끄러미 바라보았다. 더없이 기쁘고 더없이 진지한 마음으로. 친구의 걸음걸이는 평화로, 친구의 머리는 영광으로, 친구의 몸은 광채로 가득했다.

고빈다

고빈다는 언젠가 휴식 기간에, 창부 카말라가 고타마의 제자들에게 헌사한 장원에 다른 승려들과 함께 머문 적이 있었다. 거기서 많은 사람이 현자로 여긴다는 한 늙은 사공에 관한 이야기를 듣게 되었다. 장원에서 한나절 거리의 강가에 사는 노인이었다. 고빈다는 다시 길을 나서게 되었을 때 소문의 주인공을 한 번 만나보려고 일부러 나루터 길을 택했다. 왜냐하면 평생을 계율에 따라 살았고, 연륜과 겸손함으로 젊은 승려들에게 존경을 받고 있었지만, 마음속에서는 여전히 무언가를 찾아야 한다는 불안과 구도의 불길이 꺼지지 않고 있었기 때문이다.

강가에 다다른 고빈다는 뱃사공 노인에게 강을 좀 건네달라고 부탁했고, 건너편 강가에 도착하자 나룻배에서 내리며 말했다. "당신은 우리 승려들과 순례자들에게 많은 선업을 베푸셨습니다. 수많은 사람을 배에 태워 강을 건네주셨으니까요. 사공이여, 당신도 혹시 올바른 길을 찾는 구도자가 아니신지요?"

싯다르타는 늙은 눈에 미소를 담아 말했다. "오, 존경받아 마땅한 고승이시여, 당신은 연로한데다 고타마 승단의 법의를 걸치고 있음에도 스스로를 구도자라 칭하시는군요?"

"내가 늙은 것은 맞습니다만 구도의 길은 멈추지 않았습니다. 앞으로도 멈추지 않을 것이고요. 그게 저의 소명인 듯합니다. 그런데 소승이 보기에 당신도 구도자인 것 같군요. 존경하는 이여, 소승에게 한 소식 전해주시겠습니까?"

싯다르타가 말했다. "당신 같은 고승께 제가 무슨 말을 해드릴 수 있겠습니까? 다만 혹시 도를 찾는 일에 너무 집착하시는 것은 아니신지요? 찾는 일에 너무 매달려 깨달음을 얻지 못하는 것은 아니신지요?"

"어째서 그런지요?" 고빈다가 물었다.

"구도하는 사람이 흔히 겪는 일입니다." 싯다르타가 말했다. "그런 사람의 눈은 자신이 찾는 것만 보기에 아무것도 마음속에 들이지 못하고 아무것도 얻지 못하지요. 항상 자신이 찾는 것만 생각하고, 하나의 목표가 있고, 그 목표에만 사로잡혀 있기 때문입니다. 찾는다는 것은 목표를 갖고 있다는 뜻입니다. 하지만 깨닫는다는 것은 어떤 목표도 없이 자유롭고, 모든 것에 열려 있는 상태를 말합니다. 고승께선 실제로 그런 구도자인 듯합니다. 목표만 좇다 보니 정작 눈앞에 있는 것도 보지 못하니 말입니다."

"무슨 말씀인지 미처 알아듣지 못했습니다. 설명 좀 해주실 수 있을는지요?"

싯다르타가 말했다. "여러 해 전에도 고승께선 이 강에 오신 적이 있지요. 강가에서 잠든 사람을 발견하고, 위험으로부터 지켜주려고 그 옆에 한참을 앉아 있었고요. 아직도 알아보지 못하겠는가, 고빈다? 자네가 그때 지켜주었던 사람을?"

승려는 마치 마법에 홀린 사람처럼 놀라 사공의 눈을 바라보았다.

"아니, 자네가 정말 싯다르타라는 말인가?" 그가 계면쩍은 목소리로 물었다. "이번에도 자네를 알아보지 못할 뻔했군! 정말 반갑네, 싯다르타. 자네를 여기서 다시 보게 될 줄은 상상도 못했어! 그동안 많이 변했군, 친구. 이제 사공이 된 건가?"

싯다르타는 다정히 웃었다. "그래, 사공이지, 고빈다. 간혹 인생에서 많은 굴곡을 겪고 온갖 옷을 걸쳐야 하는 사람들이 있는데, 나도 그중 하나였지. 환영하네, 친구. 오늘밤은 내 오두막에서 쉬어가게."

그날 밤 고빈다는 친구의 오두막에 묵으며 예전에 바수데바가 쓰던 잠자리에서 잤다. 그는 어릴 적 친구에게 많은 질문을 던졌고, 싯다르타는 지금까지 겪은 일을 차근차근 이야기해주었다.

다음날 아침, 다시 길을 나서야 했을 때 고빈다는 머뭇머뭇 입을 열었다. "싯다르타, 떠나기 전에 한 가지만 더 물어보겠네. 자네는 혹시 어떤 교리가 있는가? 삶과 올바른 행동에 지침이 될 만한 어떤 믿음이나 앎이 있는가?"

싯다르타가 말했다. "친구, 자네도 알다시피 나는 젊을 때, 그러니까 자네와 같이 숲속의 고행자들과 생활했을 때 이미 스승과 그들의 교리에 불신을 품고 등을 돌렸네. 그건 지금도 마찬가지고. 그럼에도 이후 내 삶에는 스승이 많았네. 처음엔 한 아름다운 창부가 오랫동안 내 스승이었고, 부유한 상인도 내 스승이었으며, 심지어 노름꾼 몇도 내 스승이었지. 어떤 때는 순례하던 붓다의 한 제자도 내 스승이 되어주었네. 숲에서 자던 나를 발견하고 곁에 앉아 지켜준 사람이지. 나는 그에게서 많은 것을 배웠네. 고마워하고 또 고마워하고 있지. 그런데 그 누구보다 내가 많은 것을 배운 것은 바로 이 강이었고, 내 이전에 여기서 사공 노릇을 하던 바수데바였네. 아주 소박한 사람이었는데, 사색가는 아니지만 고타마만큼이나 세상의 이치를 잘 아는 사람이었지. 한마디로 완성자이자 성자였네."

고빈다가 말했다. "오, 싯다르타, 자네는 여전히 사람을 놀리길 좋아하는군. 하지만 자네 말을 믿네. 자네가 어떤 스승도 따르지 않았다는 것도 잘 알겠고. 그런데 꼭 가르침은 아닐지라도 자네 마음에 품고 있고, 살아가는 데 도움이 될 만한 어떤 지혜나 깨달음은 찾았을 거 아닌가? 그걸 조금이라도 얘기해준다면 진심으로 고맙겠네."

싯다르타가 말했다. "그래, 나도 지혜라는 걸 가져본 적이 있지. 가끔은 깨달음의 순간도 있었고. 한 시간이나 하루 정도는 마치 심장에서 생명이 고동치듯 마음속에서 깨달음을 느꼈지. 몇 가지가 있지만, 그걸 자네한테 전달하기는 힘들 듯하네. 이보게, 고빈다, 내가 깨달은 것들 가운데 하나는 말이야, 지혜란 결코 전달할 수 없다는 것이네. 그 어떤 지혜든 입 밖에 내는 순간 바보 같은 소리로 들리기 마련이거든."

"지금 농담하는 건가?" 고빈다가 물었다.

"농담이 아닐세. 내가 깨달은 그대로를 말하는 것이네. 지식은 전달할 수 있지만, 지혜는 전달할 수 없네. 지혜란 깨닫는 것이고,

몸으로 겪는 것이고, 실천하는 것이네. 그것으로 기적을 행할 수는 있지만, 말로 표현하거나 가르칠 수는 없네. 나는 젊은 시절부터 이 사실을 이따금 예감했지. 스승들을 떠난 것도 그 때문이고. 고빈다, 내가 깨달은 것이 하나 더 있네. 자네는 이 역시 농담이나 어리석은 말로 치부할지 모르지만, 내가 얻은 최고의 깨달음이라고 장담할 수 있네. 모든 진리는 그 반대 또한 진리라는 걸세! 진리는 항상 그 일면만 말로 드러내고 글로 적을 수 있을 뿐이네. 따라서 우리가 생각으로 떠올리고 말로 표현할 수 있는 것은 모두 일면적이고, 반쪽의 진리이고, 전체성과 완전성, 통일성이 결여되어 있어. 세존 고타마께서는 이 세상에 대해 설법하실 때 세상을 윤회와 열반, 미망과 진리, 번뇌와 해탈로 나눌 수밖에 없었네. 가르치려는 사람의 입장에서는 다른 방도가 없었지. 하지만 이 세계 자체, 우리를 둘러싼 것과 우리 내면에 있는 것은 결코 일면적이지 않아. 어떤 인간도, 어떤 행위도 전적으로 윤회이거나 전적으로 열반일 수는 없고, 어떤 인간도 전적으로 거룩하거나 전적으로 악할 수는 없네. 그런데도 그렇게 보이는 것은 우리가 시간이 실재한다는 착각에 사로잡혀 있기 때문일세. 고빈다, 시간은 실재하지 않네. 나는 그 사실을 몇 번이고 거듭 체험했네. 시간이 실재하지 않는다면 세상과 영원, 번뇌와 해탈, 악과 선 사이에 있는 것처럼 보이는 엄청난 틈도 하나의 미혹인 셈이지."

"어째서?" 고빈다가 불안스레 물었다.

"잘 들어보게, 친구, 잘 들어보게! 나나 자네나 모두 죄인이네. 그런데 지금은 죄인이지만, 우리 둘 다 언젠가는 브라흐마²가 되고 열반에 들고 붓다가 될 걸세. 그런데 여기서 이 '언젠가'는 미혹에 지나지 않아. 단지 비유일 뿐이지! 우리의 머리로는 달리 상상할 길이 없어서 이 표현을 사용할 뿐, 사실 우리는 붓다로 나아가는 과정에 있는 것도 아니고 어떤 발전 단계에 있는 것도 아닐세. 우리라는 죄인 속에는 지금 이 순간 이미 미래의 붓다가 깃들어 있네. 미래가 이미 우리 속에 있다는 거지. 그러므로 죄인 속에 있고, 자네 속에도 있고, 모든 중생 속에 있는 미래의 붓다, 가능성의 붓다, 숨어 있는 붓다를 경외심으로 바라보아야 하네. 고빈다, 내 벗님이여, 세상은 불완전한 것도 아니고, 완성을 향해 서서히 나아가는 것도 아닐세. 세상은 그저 매순간 완전해. 모든 죄악은 이미 그 속에 은총을 품고 있고, 모든 아이는 이미 자기 안에 노인을 품고 있으며, 모든 갓난아기 속에는 이미 죽음이 담겨 있고, 모든 죽어가는 자에게는 영원한 생명이 깃들어 있네. 어떤 인간도 다른 이가 자기 길을 얼마나 갔는지 알 수 없네. 도둑이나 노름꾼의 내면에도 붓다가 있고, 바라문의 내면에도 강도가 있는 걸세. 깊은 명상 속에서야 시간을 초월하고, 이미 존재했거나 지금 존재하는 것, 앞으로 존재할 모든 생명을 동시에 볼 가능성이 있고, 그러면 모든 것이 선하고 모든 것이 완전하고 모든 것이 브라흐만임을 알 수 있네. 그런 까닭에 내 눈에는 존재하는 모든 것이 선해 보이고, 죽음도 생명과 같고, 죄악도 신성하고, 지혜도 어리석게 보여. 모든 게 그럴 수밖에 없지. 다만 나의 동의와 승인, 나의 다정한 인정만 필요하네. 그건 내게 좋은 일이고, 내가 나아가도록 도와줄 뿐 내게 해를 가하지는 않네. 나는 순리를 거스르는 것을 그만두고, 이 세상을 사랑하고, 이 세상

---

2   우주의 근본 원리인 브라흐만이 인격화된 신.

을 내가 소망하고 상상하는 완벽한 상태와 비교하지 않으면서 그저 있는 그대로 보고 사랑하고 기꺼이 그 일원이 되는 법을 배우기까지 죄악을 저지르고 색욕과 물욕, 허영심, 치욕적인 절망 상태에 빠질 수밖에 없었네. 그 사실을 몸과 마음으로 알게 되었지. 고빈다, 이게 내게 밀려든 몇 가지 깨달음이네."

싯다르타는 몸을 굽혀 바닥에서 돌멩이를 하나 집어들고 만지작거렸다.

"알다시피 이건 돌멩이네. 이 돌멩이는 아마 일정 시간이 지나면 흙이 되고, 그 흙에서 식물이 되거나 짐승 또는 인간이 되겠지. 예전 같았으면 나는 이렇게 말했을 걸세. '이건 그저 하나의 돌멩이에 불과하다. 마야의 세계에 속하는 하찮은 것이다. 다만 이 역시 윤회 속에서 인간과 혼이 될 수 있기에 나는 이 하찮은 돌멩이에도 의미를 부여한다.' 예전에는 분명 그렇게 생각했을 걸세. 하지만 지금은 달라. '이 돌멩이는 하나의 돌멩이지만, 이미 그 자체로 동물이기도 하고 신이기도 하고 붓다이기도 하다. 내가 이 돌멩이를 존중하고 사랑하는 까닭은 이게 언젠가 이런저런 것이 될 가능성이 있어서가 아니라 이미 그 자체로 오래전부터 언제나 그 모든 것이기 때문이다.' 게다가 나는 이게 돌멩이라는 사실, 지금 내 눈에 돌멩이로 보인다는 사실 때문에 돌멩이를 사랑하고, 그 각각의 무늬와 울퉁불퉁함, 누런 색깔, 칙칙한 색깔, 단단함, 톡톡 두드리면 나는 소리, 마르거나 축축한 표면 같은 것들에 가치와 의미를 부여하네. 돌멩이 중에는 기름이나 비누처럼 미끈한 것이 있고, 나뭇잎이나 모래 같은 촉감의 돌멩이도 있네. 모두 하나하나 특별하고, 각자 자기만의 방식으로 옴을 간구하고, 각자 자기만의 방식으로 브라흐만이지. 하지만 그러면서도 지금은 하나의 돌멩이로서 미끈미끈하거나 축축해. 나는 바로 그 점이 마음에 들고 경이롭고, 충분히 숭배할 가치가 있어 보이네. 더 이상은 말하고 싶지 않네. 말이라는 것은 신비로운 의미를 해치고, 말로 표현하면 항상 모든 것이 약간 달라지고 왜곡되면서 원래의 의미에서 멀어지거든. 물론 그것도 나쁘지 않네. 아니, 아주 좋아. 마음에 들어. 누군가에게는 값진 지혜가 다른 누군가에게는 항상 어리석게 보인다는 점도 흔쾌히 받아들일 수 있네."

고빈다는 묵묵히 듣고만 있었다.

"굳이 돌멩이 이야기를 하는 이유가 뭔가?" 잠시 후 그가 머뭇거리며 물었다.

"특별한 의도가 있었던 건 아닐세. 아니, 어쩌면 나는 돌멩이와 강물처럼 우리가 보고 배울 수 있는 모든 것을 사랑한다는 사실을 말하려고 했던 것 같네. 고빈다, 나는 돌멩이 하나하나를 사랑할 수 있네. 나무 한 그루 한 그루, 나무껍질 하나하나도 사랑할 수 있고. 이것들은 모두 사물이고, 우리는 사물을 사랑할 수 있지. 하지만 말은 사랑할 수 없네. 내가 가르침을 받아들일 수 없었던 것도 그 때문일세. 가르침은 단단하거나 부드러운 촉감이 없고, 색깔이나 모서리도 없으며, 냄새도 맛도 없이 그저 공허한 말에 불과하거든. 자네가 마음의 평화를 얻지 못하는 것도 혹시 가르침 때문이 아닐까? 그 많고 많은 말 때문이 아닐까? 고빈다, 해탈이나 미덕, 윤회나 열반이라는 것도 결국 말에 불과하네. 열반이라는 것은 존재하지 않네. 다만 열반이라는 말만 있을 뿐이지."

고빈다가 말했다. "친구여, 열반이란 단순히 말이 아니라 하나의 사상이네."

싯다르타가 말을 이어갔다. "사상이라고? 그럴지도 모르지. 사랑하는 친구, 고백컨대 나는 사상과 말이 크게 다르지 않다고 생각하네. 솔직히 말해 사상도 그리 대단하게 여기지 않네. 나는 사물을 더욱 소중히 여기지. 예를 들어 여기 이 나루터에는 나보다 앞서 사공 노릇을 하던 이가 있었네. 내 스승이자 성자였지. 그분은 오랜 세월 그저 강만 믿고 의지했을 뿐 그 밖에는 아무것도 믿지 않았네. 강의 소리가 자신에게 말을 걸고 있음을 알아차리고 그때부터 그 소리에서 가르침을 얻은 걸세. 강이 그를 키우고 가르친 셈이지. 그분에게 강은 신이나 다름없었네. 다만 바람 한 점 한 점, 구름 하나 하나, 새 한 마리 한 마리, 딱정벌레 한 마리 한 마리가 모두 신성하고, 자신이 숭배하는 강만큼 많은 것을 알고 가르침을 준다는 사실은 오래토록 몰랐지. 그러다 마지막에 숲속으로 들어가면서 그 모든 걸 깨달았네. 스승도 없고 책도 읽지 않았지만 자네나 나보다 더 많은 것을 깨달은 거라고. 그건 오직 강만 믿었기 때문이지."

고빈다가 말했다. "자네가 '사물'이라고 부르는 것들이 정말 실재하는 것이고, 본질적인 것일까? 단지 마야의 속임수, 혹은 환영이나 허상이 아닐까? 자네가 말한 돌멩이, 자네가 말한 나무, 자네가 말한 강물이 정말 실재한다고 믿나?"

"그것도 내게는 그리 대수로운 문제가 아니네. 사물이 허상인지 아닌지는 그리 중요하지 않아. 만일 이 세상 모든 사물이 허상이라면 나 또한 허상일 테고, 그러면 사물은 나와 똑같은 존재인 셈이지. 사물이 내게 그렇게 사랑스럽고 존경스럽게 느껴지는 것도 그때문이네. 사물과 나는 같은 존재라는 거지. 따라서 나는 사물들을 사랑하네. 자네는 비웃을지 모르지만, 이게 내 깨달음일세. 고빈다, 지금 내게 무엇보다 중요한 것은 사랑이네. 이 세상을 꿰뚫어 보고 설명하고 경멸하는 건 위대한 사상가들의 몫이라고 생각하네. 내게는 그저 이 세상을 사랑하고, 경멸하지 않고, 세상과 나 자신을 미워하지 않고, 세상과 나, 모든 존재를 사랑과 경탄의 마음으로, 경외심의 마음으로 바라보는 것만이 중요하네."

"이해하네." 고빈다가 말했다. "하지만 세존께서는 사랑도 미혹이라고 하셨네. 자비와 관용, 연민, 선의를 지니라고 하셨지, 사랑을 지니라고 하시지는 않았네. 우리 마음이 덧없는 것에 집착하는 것을 경계하신 거지."

"나도 아네." 싯다르타가 말했다. 그의 미소가 밝게 빛났다. "나도 알아, 고빈다. 거보라고, 우린 지금 의견의 덤불에 갇혀 말의 논쟁을 벌이고 있네. 사랑에 관한 나의 말이 겉으로는 고타마의 말씀과 모순된다는 사실을 나 역시 부정할 수 없기 때문이지. 그래서 나는 말을 믿지 않는 걸세. 그런 모순 자체가 미혹임을 알기 때문이지. 나는 세존과 나의 의견이 일치한다고 생각하네. 어떻게 그분이 사랑을 모를 수 있겠나! 인간 삶의 온갖 덧없음과 허망함을 꿰뚫어 보면서도 더없이 중생을 사랑해서 긴 고행의 삶을 오직 중생을 돕고 가르치는 데 쏟으신 분이 아닌가! 그분, 그러니까 자네의 위대한 스승만 보더라도, 나는 말보다 사물이 더 귀하고, 그분의 설법보다 행위와 삶이 더 중요하고, 그분의 의견보다 손짓 하나하나가 더 소중하다는 사실을 알 수 있네. 내가 보기에 그분의 위대함은 말씀이나 사유에 있는 것이 아니라 그분의 행위, 그분의 삶에 있네."

늙은 두 친구는 한참을 침묵했다. 그러다 고빈다가 작별의 뜻으로 허리를 굽히며 말했다. "싯다르타, 자네 생각을 어느 정도 설명해줘서 고맙네. 어떤 생각은 퍽 특이한 데다 모든 생각이 바로 이해가 되는 건 아니네만, 뭐 어떡하겠나! 아무튼 고맙네. 평온한 날들을 보내길 바라네."

(그러나 고빈다는 속으로 이런 생각을 하고 있었다. '이 친구는 참으로 괴상한 인물이야. 괴상한 사상을 말하고, 교리도 어리석어 보여. 세존의 순수한 가르침은 이와 달라. 더없이 명료하고 순수하고 이해하기 쉬운 데다가 이상하거나 어리석거나 하찮은 것은 전혀 없어. 그런데도 싯다르타의 손과 발, 눈, 이마, 숨결, 미소, 인사, 걸음걸이는 그의 사상과는 또 딴판이야. 세존 고타마께서 열반에 드신 이후 성자라는 느낌을 주는 사람을 아직 한 번도 만나지 못했는데, 오직 이 사람, 이 싯다르타만 그런 느낌이 들어. 그의 가르침은 이상하고 그의 말은 어리석어 보이지만, 눈길과 손, 피부, 머리카락은 물론이고 그의 모든 풍모에서는 순수함과 평온함, 명랑함, 부드러움, 거룩함의 빛이 뿜어져 나오고 있어. 우리의 스승 세존께서 열반에 드신 이후 누구에게서도 보지 못한 모습이야.')

고빈다는 이런 생각으로 마음의 갈등을 느끼면서도 사랑의 감정에 이끌려, 고요히 앉아 있는 싯다르타에게 다시 한번 깊이 허리 숙였다.

"싯다르타, 우린 이제 나이를 먹을 만큼 먹었네. 살날이 얼마나 남았는지 모르겠으나 다시 만나기는 쉽지 않겠지. 사랑하는 친구여, 보아하니 자네는 이미 마음의 평화를 얻은 것 같으이. 고백하자면 난 아직 얻지 못했네. 존경하는 벗이여, 내게 한마디만 해주구려. 내가 알아듣고 이해할 수 있는 말로 말이네. 싯다르타, 내 길에 무엇이든 베풀어주게. 내 길은 힘겹고 암울할 때가 많네."

싯다르타는 여전히 잔잔한 미소를 머금은 채 묵묵히 그를 바라보기만 했다. 고빈다가 불안과 동경에 찬 눈으로 친구의 얼굴을 응시했다. 고빈다의 눈길에는 번뇌와 영원한 구도, 그리고 영원히 마음의 안식을 얻지 못하리라는 절망이 어려 있었다.

싯다르타는 그것을 보고 미소를 지었다.

"이리 와보게!" 그가 고빈다의 귀에다 나지막이 속삭였다. "나한테 몸을 숙여보게! 좀 더 가까이! 좀 더 가까이! 그래, 이제 내 이마에 입을 맞추어보게, 고빈다!"

고빈다는 의아해하면서도 어떤 위대한 사랑과 예감에 이끌려 싯다르타의 말대로 바짝 다가가 그의 이마에 입술을 댔고, 그 순간 놀라운 일이 일어났다. 고빈다의 생각이 여전히 싯다르타의 이상한 말들에 머물러 있을 때, 그가 마음의 거부감을 누른 채 시간을 초월하려고, 열반과 윤회를 하나로 생각하려고 헛되이 노력하고 있을 때, 심지어 마음속에서는 여전히 친구의 말에 대한 경멸감이 엄청나게 큰 사랑과 경외심에 맞서 싸우고 있을 때 일어난 일이었다.

갑자기 고빈다의 눈에 친구 싯다르타의 얼굴은 더 이상 보이지 않고, 대신 다른 사람들의 얼굴이 줄지어 나타났다. 수백 수천의 얼굴이 흐르는 강물처럼 나타났다가 사라졌지만, 모두 동시에 현존하는 듯했고, 모두 끊임없이 변화하고 새롭게 태어나는 듯하면서도 하나같이 싯다르타의 얼굴이었다. 고빈다는 물고기의 얼굴을 보았다. 무한한 고통으로 입을 벌린 잉어의 얼굴을 보았고, 초점을 잃고 죽어가는 물고기의 얼굴을 보았으며, 주름투성이에다 울음을 터뜨리려고 찡그린 붉은 핏덩이의 얼굴도 보았다. 또한 타인의 몸을 칼로 찌르는 살인자의 얼굴도 보았고, 그와 동시에 무릎을 꿇고 꽁꽁 묶인 살인자의 모습과 망나니의 칼에 머리가 잘려나가는 모습도 보았으며, 벌거벗은 채 온갖 체위로 격렬하게 사랑을 나누는 남녀의 몸뚱이, 사지를 쭉 뻗고 미동도 없이 차갑게 식어버린 허망한 시체도 보았다. 그 밖에 수퇘지, 악어, 코끼리, 황소, 새 같은 동물의 머리도 보였고, 크리슈나나 아그니 같은 신들의 모습도 보였다. 고빈다는 이 모든 형상과 얼굴이 수많은 관계 속에서 서로 돕고, 서로 사랑하고, 서로 미워하고, 서로 파멸시키고, 서로 새로운 생명을 잉태시키는 것을 보았다. 형상과 얼굴 하나하나가 죽음을 향한 욕망이자, 삶의 덧없음에 대한 고통스럽고도 열정적인 고백이었다. 그러나 그 어느 것도 모습만 바뀔 뿐 죽지는 않았고, 끊임없이 새로 태어나 새로운 얼굴을 얻었으며, 한 얼굴과 다른 얼굴 사이에는 어떤 시간도 가로놓여 있지 않았다. 이 모든 형상과 얼굴은 한곳에 멈추기도 하고, 흘러가기도 하고, 무언가를 생성시키기도 하고, 어딘가로 이리저리 떠다니다가 한데 어우러져 흐르기도 했다. 이 모든 것 위에는 항상 얇고 실체는 없지만 현존하는 무언가가 유리나 살얼음처럼, 투명한 막처럼, 물로 된 껍질이나 가면처럼 덮여 있었다. 이 가면들이 미소를 짓고 있었다. 가면들은 지금 이 순간 고빈다 자신이 입술을 갖다 댄 싯다르타의 미소 짓는 얼굴이었다. 그는 이 가면의 미소, 흘러가는 형상들 위에 깔린 이 통일성의 미소, 수천의 탄생과 죽음 위에 어린 이 동시성의 미소, 이 싯다르타의 미소가 예전에 자신이 수없이 경이롭게 우러러본 붓다의 미소와 똑같다고 생각했다. 고요하고 섬세하고 심오하고 지혜롭고, 자비로운 듯하면서도 비웃는 것 같은 수천의 표정을 담은 고타마의 미소와 똑같았다. 완성을 이룬 자만이 지을 수 있는 미소였다.

고빈다는 시간이 실재하는지 더는 알 수 없었다. 자신이 방금 본 이 환시幻視가 한순간이었는지 아니면 수백 년에 걸쳐 일어났는지도 알 수 없었고, 싯다르타라는 인간이, 고타마라는 인간이, 나와 너라는 존재가 실재하는지도 알 수 없었다. 마음속 깊은 곳이 신성한 화살에 맞아 부상을 입고, 그 상처에서 달콤한 맛이 나고, 마음속 깊은 곳의 무언가가 마법에 걸려 녹아내리는 듯한 상태에서 고빈다는 자신이 방금 입을 맞추고 모든 형상과 모든 변화, 모든 존재의 무대가 되었던 싯다르타의 평온한 얼굴 위로 몸을 숙인 채 얼마간 서 있었다. 싯다르타의 얼굴은 방금 그 표면 아래에서 수천 겹의 변화가 일어났다가 다시 닫힌 뒤로도 여전히 아무런 변화가 없었다. 얼굴은 고요히 웃고 있었다. 살며시 부드럽게 웃고 있었다. 자비로운 듯하면서도 비웃는 것 같던 세존 붓다와 똑같은 미소였다.

고빈다는 깊숙이 허리 숙여 인사했다. 영문을 알 수 없는 눈물이 늙은 얼굴을 타고 흘러내렸다. 마음속에서 진실한 사랑과 겸허한 존경의 감정이 불꽃처럼 뜨겁게 타올랐다. 그는 한때 자신의 삶에서 사랑했고, 한때 소중하고 거룩하게 여겼던 모든 것을 떠올리게 해주는 미소를 지으며 미동도 없이 앉아 있는 자를 향해 바닥에 머리까지 대고 절했다.

Siddhartha

자기 길을 찾아서

우리나라에서 세대를 아울러 헤르만 헤세만큼 많이 알려진 작가가 있을까? 1946년 노벨문학상 수상으로 문학적 성취를 인정받았고, 전 세계적으로 60개 언어로 번역되어 1억 2천만 부가 넘는 판매고를 기록함으로써 상업적으로도 성공한, 정말 드물게 행복한 작가다. 특히 한국과 미국, 일본에서의 인기는 놀라울 정도로 뜨거운데 그 세계적 인기의 비결은 무엇일까?

이는 '중요한 것은 개인적인 것'이라는 헤세의 문학적 모토와 깊은 관련이 있다. 그는 문명의 황폐화와 삶의 피폐함이 결국 개인적인 삶에 대한 억압에서 비롯되었다고 보고, 정해진 길을 따라 살라는 세상의 요구에 굴복하지 말고 자신이 진정으로 원하는 삶으로 나아가라고 끊임없이 외친다. 이 세상에 단 한 번만 머물다 갈 수밖에 없는 인간은 오직 그 자신만을 위한 존재로서 각자 고유한 방식으로 스스로를 실현해나가야 하는 특별하고 경이로운 존재다. 따라서 누구나 다른 존재로부터 존중받아야 할 이유는 그 자체로 충분하다. "누구의 내면에서건 정신은 만들어지고, 누구의 내면에서건 피조물은 괴로워하고, 누구의 내면에서건 구세주가 십자가에 매달린다. (…) 인간의 삶은 모두 자기 자신에게로 향하는 길이자, 어떤 길의 시도이자, 어떤 오솔길의 암시이다. 일찍이 완전히 자기 자신이 된 사람은 없다. 그럼에도 각자는 그런 자신이 되고자 애쓴다."(《데미안》중에서)

자기답게 살라는 메시지는 그의 작품 속에 다양한 형태로 변주되며 스며들었고, 파충류 껍질처럼 완고한 현실에 맞서 좌절할 수밖에 없었던 많은 청춘에게 위로와 용기를 안겨주었다. 세계적인 명성은 미국에서 시작되었다. 1960년대 말 미국에서 베트남 전쟁에 반대하던 젊은 세대들이 헤세를 재발견하면서 그의 문학은 전 세계로 퍼져나갔다. 부모 세대의 권위에 대한 도전과 새로운 삶에 대한 열망이 서구 사회에서 봇물처럼 터져나오던 시기였다. 사회 각 방면에서 구습을 타파하고 기성세대의 고루한 생활방식에서 벗어나고자 하는 바람이 거세게 일었고, 반전 분위기와 맞물려 평화로운 세상에 대한 갈망이 곳곳에서 용솟음쳤다. 이는 헤세가 문학과 수많은 글에서 줄기차게 주장해온 메시지와 다르지 않았다. 그는 평생 평화를 꿈꾸었고, 늘 기성세대의 가르침에 저항하며 자기만의 삶을 살라고 강조했다. 그건 그의 삶에서도 여실히 드러난다.

헤세는 부모의 기대에 따라 당시 출셋길이 보장되던 주립 영재학교에 들어간다. 그러나 획일적인 교육과 답답한 기숙사 생활을 견디지 못하고 학교를 뛰쳐나온다. 수재 소리를 들으며 자랐던 아이가 학교를 마치지 못하고 고향으로 돌아왔을 때 주변 사람들의 시선이 어땠을지는 충분히 짐작이 간다. 이들의 실망감은 컸다. 이후 방황하던 헤세는 시계 공장에서도 서점에서도 일을 해보지만 여기서도 적응하지 못한다. 결국 누구보다 감수성이 예민하던 소년은 자살까지 시도하며 삶의 막다른 골목에 이른다. 그러다 마침내 문학을 만나면서 마음의 안식을 얻는다. 자기 길을 찾은 것이다.

현대 사회는 우리에게 판에 박힌 모습으로 살라고 요구한다. 우리는 태어나 얼마 후 학교에 가고, 학교에 가면 대학 진학만을 목표로 삼고, 대학에 가면 취직에만 매달리고, 직장을 얻으면 결혼하고 아이를 낳고 차를 사고 집을 장만하고, 은퇴하면 노후와 자식들의 삶을 걱정한다. 어느 정도 편차는 있을지언정 대다수 사람은 한평생 이리 산다. 태어나는 순간 길은 이미 정해져 있고, 이 길에서 벗어나는 사람에게는 패배자나 이탈자의 딱지가 붙는다. 한마디로 평준화된 삶이다. 스스로 만물의 영장이라 칭하는 동물이 고작 이렇게 살려고 그 머나먼 진화의 험로를 굽이굽이 헤쳐왔을까?

헤세는 자신의 고유성을 내주고 하나같이 똑같은 길로 달려가는 사람들에게 멈추라고 말한다. 멈춰 서서 정말 어떤 삶을 살고 싶은지 내면의 목소리에 귀를 기울이라고 한다. 각기 다른 유전자, 외모, 느낌, 생각, 소망, 꿈을 가진 사람들이 모두 똑같이 살아간다는 게 가당키나 한가! 자신의 잠재력을 깨닫고 실행할 길을 찾아야 한다. 길이 보이지 않는다고, 사회적 압력이 너무 크다고 한탄할 수는 있다. 그렇다고 멈추어서는 안 된다. 버텨야 한다. 견뎌야 한다. 그러다 보면 길이 보인다. 설령 삶이 끝나는 날까지 그 길이 보이지 않더라도 자기 길을 찾고자 하는 노력만으로 이미 충분한 가치가 있다. 어쩌면 그 노력이 우리 삶의 진정한 의미일지 모르니까.

물론 자기만의 길 찾기 과정은 녹록치 않다. 그건 헤세의 독자층을 봐도 알 수 있다. 세계적으로 헤세의 주 독자층은 20~30세 초반의 젊은이들이다. 아직 이상이 남아 있고 자신에게 의미 있는 일을 찾고자 하는 연령대다. 이들은 외부의 평준화 압력에 맞서 자기만의 고유한 영역을 지키라고 끊임없이 말하는 헤세에게서 격려와 응원을 느낀다. 그런데 청춘기가 지나 본격적으로 생업 전선에서 뛰어들면 상황은 달라진다. 늘 스스로를 지키며 살라는 헤세가 불편해진다. 그의 책을 읽으면 자신이 예전의 순수함에서 멀어졌고, 청춘기의 이상을 배신하고 있다는 느낌이 든다. 하지만 은퇴할 쯤 되면 다시 헤세에게로 돌아가는 사람이 적지 않다. 헤세의 책을 펴들면서 자신이 그동안 얼마나 소중한 것을 놓치고 살았는지, 자신이 삶을 얼마나 허비했는지를 깨닫고 이제야말로 자신이 원하던 삶으로 나아가겠다고 다짐한다. 이것이 바로 헤세의 독자층에서 청년층과 노년층이 최상위를 차지하고, 사회에서 왕성하게 활동하는 연령층은 별로 눈에 띄지 않는 이유다.

헤세의 문학의 또 다른 두드러진 특징은 유럽 중심주의의 극복이다. 세상은 서양 중심으로 짜여 있다. 서구인들이 자랑스러워하는 세 가지 수출품, 즉 기독교와 과학, 민주주의가 세계를 지배하고 있다는 말이다. 이런 유럽 중심주의가 불러온 세상은 어떤 모습일까? 우리가 꿈꾸던 세상일까? 그와는 거리가 멀어 보인다. 물질적 풍요를 가져왔다고는 하지만 빈부 격차는 보다 심해졌고, 지구 한쪽에선 풍요를 누리는 반면에 다른 쪽에선 여전히 굶주리는 사람이 지천이다. 세계는 기후 위기로 미래 생존을 걱정하고, 전쟁은 끊이지 않으며, 자연을 착취의 대상으로 여김으로써 지구 환경은 점점 황폐해지고, 일률적인 삶의 방식으로 개성은 말살되고, 물질주의의 숭배로 인간은 돈과 권력만 좇고, 그리고 관용이 아닌 차별이, 사랑이 아닌 증오가, 공존이 아닌 배제가 주를 이루는 이 사회가 과연 우리가 꿈꾸는 세상일까? 헤세는 이런 유럽 중심주의에 의문을 품고 동양 사상에서 대안을 찾는다. 만물이 하나로 연결되어 있고, 개인의 깨달음을 통해 자기를 찾아나가는 불교와 도가의 사상에서 평화로운 공존의 가능성과 세계고를 이겨낼 희망을 발견한 것이다. 동양에 대한 단순한 지적 호기심이나 약간 내려다보는 듯한 존중의 태도를 넘어 동양 사상에 대해 진심 어린 애정과 깊이 있는 이해를 보인 사람이 바로 헤세다. 그에 대한 증거가 《싯다르타》이다.

깨달음은 말로 전달할 수 없고, 가르치거나 배울 수 없다

고타마 싯다르타, 붓다의 속명이다. 고타마는 성이고 싯다르타는 이름이다. 그렇다면 이 작품은 붓다의 이야기일까? 아니다. 중간에 고타마라는 인물이 깨달은 자의 모습으로 등장하기 때문이다. 그렇다면 싯다르타와 고타마는 다른 인물일까? 그것도 아니다. 각자 다른 구도求道의 과정을 밟지만 결국 같은 깨달음에 이름으로써 원래 하나임을 보여주기 때문이다. 만물이 하나로 연결되어 있고, 삼라만상에 불성이 담겨 있다는 측면에서도 둘은 다른 인물이면서 동시에 한 인물이다. 싯다르타는 바라문(브라만이라고도 한다)의 아들이다. 바라문은 경전의 가르침을 충실히 따르고 신들에게 제사를 지내는 성직자 계급이다. 종교적으로 보면 경전에서 깨달음을 얻을 수 있다고 믿는 교종이다. 세속적으로는 많은 재산을 소유하고 훌륭한 저택에서 풍족하게 사는 지배 계층이다.

총명하고 반듯한 싯다르타는 어려서부터 사람들의 기대를 한몸에 받는다. 자신도 훗날 훌륭한 바라문이 될 거라고 믿어 의심치 않는다. 그런데 어느 순간부터 번뇌가 찾아온다. 나무 그늘 아래서 마음 수련을 할 때도, 속죄의 마음으로 몸을 씻을 때도, 신들에게 제사를 올릴 때도, 남들에게 칭찬을 들을 때도, 경전을 읽을 때도 더 이상 기쁨을 느끼지 못한다. 모든 것이 거짓 같다. 세상을 창조했다는 불멸의 신도, 경전의 지혜도, 제사도 모두 가짜 같다. 진정한 마음속 평화는 외부에서 찾을 수 있는 것이 아니라 내 속의 변하지 않는 아트만(참나)에서 찾아야 하지 않을까?

이는 기존의 모든 삶을 부정하는 순간이자 구도의 출발점이다. 누구에게나 한 번쯤은 이런 순간이 찾아온다. 일상을 살아가다 보면 문득 지금까지의 삶이 부질없고, 이게 내가 진정 원하던 삶인가 하고 의문을 품게 되는 순간 말이다. 이건 내 속의 참나가 현실의 습성에 찌든 외부의 나를 부르는 목소리다. 싯다르타 역시 그 소리를 듣고, 이로써 나를 찾아가는 여정이 시작된다. 답은 신들이나 경전 속에 있지 않다. 경전 속의 말은 모두 허구다. 밥을 먹어보지 않은 사람이 밥맛이 어떻다는 말을 아무리 많이 들어도 직접 씹어 먹지 않는 이상 밥맛을 알 수 없듯이 아무리 좋은 가르침도 자신이 직접 몸으로 깨닫지 못하면 뜬구름이나 다름없다. 이렇게 해서 싯다르타는 신들과 경전, 부모를 버린다. "조사를 만나면 조사를 죽이고, 부처를 만나면 부처를 죽여라!"는 불가의 말처럼 자신을 옭아매는 일체의 것을 버리고 자신을 찾아가는 길로 첫걸음을 내민다.

싯다르타는 집을 떠나 사문에 합류한다. 사문은 속세를 떠나 숲 속에서 금욕과 고행으로 스스로를 채찍질하며 수행하는 무리다. 싯다르타는 사문들과 지내며 많은 것을 배운다. 자발적으로 육신에 고통과 굶주림, 갈증을 가함으로써 나를 죽이고, 명상을 통해 온갖 망상을 비움으로써 나에게서 벗어나고자 한다. 그에게는 "한 가지 목표밖에 없었다. … 갈증과 소망을 비우고, 꿈과 기쁨, 고통까지 비우는 것이었다. 나를 죽이고, 더는 내가 아니고, 마음을 비워 안식을 찾고, 나에게서 벗어난 사유 속에서 기적의 문을 여는"것이 목표였다. "일체의 자아가 극복되고 소멸될 때, 모든 욕망과 충동이 마음속에서 사라질 때 비로소 궁극의 것과 함께 더는 내가 아닌 참된 본질, 위대한 비밀이 깨어"나리라 믿었다.

그러나 아무리 열심히 수행해도 잠시 안식을 얻고 자신에게서 벗어날 수는 있었지만, 현재의 나에게로 되돌아왔다. 수천 번 내게서 도망쳐 무의 세계로 빠져보았지만 다시 돌아오는 일은 피할 수 없었다. 이런 수행은 일시적인 도피였다. 현재의 나를 벗어나 삶의 고통과 무상함을 잠시 잊는 것에 지나지 않았다. 이런 도피는 의미가 없었다. 궁극적인 해탈이 필요했다. 어떤 상황에서도 흔들리지 않고, 현재의 나에서 일상적으로 벗어날 수 있는 여일한 상태가 필요했다. 그러나 사문의 가르침에서 그런 상태에 이르는 건 불가능했다. 결국 싯다르타는 바라문이건 사문이건 남에게 배워서는 아무것도 깨달을 수 없다는 사실만 깨달았다. 배워서 얻을 수 있는 것은 없었다. 오직 직접 겪어서 얻는 깨달음만 있을 뿐이었다. 참나를 "깨닫는 데 가장 큰 적은 그것을 배워서 알려고 하는 마음"이었다.

싯다르타가 사문을 떠나기로 마음을 굳혔을 때, 온갖 미혹에서 벗어나고 윤회의 고리에서 해방된 붓다가 세상에 나타났다는 소식이 들려왔다. 고타마였다. 싯다르타는 부모의 집을 떠날 때부터 동행한 벗 고빈다와 함께 고타마의 설법을 들으러 갔다. 그런데 고타마의 설법보다 더 큰 감동을 준 것은 고타마의 신비스런 미소와 깊고 차분한 시선, 그리고 기품 있는 걸음걸이였다. 깊은 내면으로 들어가 스스로와 하나 된 사람만이 보일 수 있는 자태였다. 싯다르타에게는 백 마디 설법보다 더 귀한 울림이었다. 붓다가 법회에서 대중에게 연꽃을 들어 보이자 마하가섭이 그 뜻을 알아차리고 미소 지었다는 염화시중을 떠올리게 하는 대목이다. 이는 어떤 훌륭한 깨달음도 말로는 전달되지 않는다는 불립문자不立文字의 경지이자, 마음에서 마음으로만 전해진다는 이심전심의 세계다. 앞서 비유했듯이 밥맛도 그것을 먹어본 사람만이 알아차릴 뿐 표현하려고 해도 표현할 수 없고 적확한 말도 없다. 그렇듯 깨달음도 말로는 전달할 수 없고, 가르치거나 배울 수 없다.

이제 싯다르타는 고타마의 가르침까지 버린다. 해탈이 말로는 표현되지 않고 배울 수도 없는 것이라면 직접 부딪혀 느껴볼 수밖에 없다. 부모도 경전도, 심지어 붓다까지 버렸다면 이제 어디서부터 시작해야 할까? 이전에 그가 스승들로부터 알고 싶었던 것은 무엇보다 자기 자신이었다. 다른 이들과 구분되는 유일무이한 존재로서 싯다르타를 알고 싶었고, 그 앎을 바탕으로 자신을 극복하고자 했다. 그런데 아트만과 브라흐만 같은 추상적 실체만 좇느라 정작 실존으로서의 싯다르타에 대해서는 아는 바가 없었다. 껍데기만 좇은 느낌이었다. 자기를 찾겠다면서 지금 여기서 실제로 살아가는 싯다르타는 내팽개치고, 아트만과 브라흐만에서 자신을 찾으려고 한 것은 기만이었다. 이제 그는 자기 자신에게 배우고, 자기 자신의 제자가 되고, 싯다르타의 비밀을 자기 자신에게서 알아내겠다고 다짐한다. 출발점은 지금 여기서 무언가를 욕망하고 소망하고 생각하고 느끼고 즐거워하고 괴로워하는 자기 자신이다.

그렇게 마음먹자 다시 태어난 기분이 든다. 과거의 모든 거짓을 버리고 어린아이로 다시 깨어난 느낌이다. 그와 함께 주변 세상도 달라 보인다. 파란 하늘은 물론이고 숲속의 풀 한 포기, 개울가의 돌멩이 하나까지 아름답지 않은 것이 없다. 어제만 해도 무의미하고 부질없이 비치던 현상계가, 그리고 그전에는 본질을 가리던 기만적인 감각의 세계가 갑자기 그 자체로 빛나는, 아름답고 살아 있는 세계로 거듭난다. 자신을 포함한 삼라만상이 신적인 것의 거룩한 존재 방식이자 의미였다. 의미와 본질은 저기 멀리 어딘가에 있는 것이 아니라 사물들 속에 있었다. 그는 속으로 외친다. "나는 선입견에 미혹되어… 현상계를 착각이라 치부했으며, 두 눈과 혀를 아무 가치 없는 우연한 것이라 여겼어. 이제 그런 일은 끝났어. 나는 깨어났어. 기나긴 미몽에서 깨어나 오늘 비로소 다시 태어났어!"

사실 그도 아트만이 진정한 자아이고 본질적으로 브라흐만과 다르지 않음을 오래전부터 알고 있었지만, 이 참나를 사유의 그물로 잡으려 했기에 찾을 수가 없었다. "육신은 분명 진정한 자아가 아니었고, 감각의 유희도 내 것이 아니었다. 그건 나의 생각과 오성, 학습된 지혜… 학습된 기술도 마찬가지였다. 그렇다, 이 생각의 세계도 아직 차안의 세계에 있었다. 감각이라는 허구적인 자아를 죽이고, 대신 사유와 학식이라는 또 다른 허구적인 자아를 살찌운다 한들 목표에 이를 수는 없었다. 사실 생각과 감각, 이 둘은 썩 괜 않은 것들이었다. 그 배후에는 궁극적인 의미가 숨어 있었다. 둘 다 귀 기울일 만한 가치가 있었고, 둘 다 함께 놀아볼 만했다. 게다가 어느 것도 무시하거나 과대평가해서는 안 되었고, 감정과 생각 모두에서 내면의 저 깊은 비밀스러운 목소리를 들어야 했다. 그는 이 제 내면의 목소리가 명령하는 것 외에는 아무것도 따르지 않을 생각이었다." 이 깨달음과 함께 싯다르타는 더 이상 과거의 삶으로 돌아가지 않고, 세상 속으로 풍덩 뛰어들어 생각과 감각이 이끄는 대로 살아보며 자신을 지켜보기로 한다. 없애야 할 것이 있다면 일단 충분히 자라나게 한 뒤 뿌리째 뽑아야 하는 법이다.

절망의 끝에 찾아온 '옴'

싯다르타를 인간 세상으로 건네준 뱃사공 바수데바는 아무런 배움 없이 오직 강에서만 삶의 이치를 깨달은 현자다. 여기서 강은 피안과 차안, 정신과 감각, 구도와 현실 세계를 가르는 경계이자 둘을 이어주는 연결 고리다. 속세에 들어간 싯다르타는 우선 창부 카말라와 사랑에 빠지고, 이 여자를 탐하기 위해 재물을 모은다. 부의 축적에는 바라문 시절에 배운 지식과 사문 시절에 익힌 기예가 큰 도움이 된다. 그는 억눌렸던 감각에 눈 뜨면서 서서히 육욕에 빠지고 세속적 쾌락에 젖는다. 처음에는 이 모든 것을 하찮아하면서 마치 놀이하듯 무심히 즐기지만, 차츰 세속에 물들며 영혼이 병든다. 쾌락과 욕망, 나태함을 넘어 마지막엔 자신이 가장 어리석은 악덕이라 경멸하던 소유욕에까지 사로잡힌다. "세속의 덫"에 걸린 것이다. 이제 재산과 부는 그에게 더는 놀이의 대상이 아니라 그를 옥죄는 쇠사슬과 짐이 된다, 그는 도박으로 돈을 날릴 때마다 다시 돈 벌 궁리를 하고, 장사에 더욱 매진하고, 채무자들을 더욱 혹독하게 몰아붙인다. "이유는 분명했다. 계속 노름을 하고 싶었고 계속 탕진하고 싶었고, 그로써 부에 대한 경멸감을 계속 내보이고 싶었기 때문이다." 그는 점점 추악하게 변해가는 자신의 얼굴을 볼 때마다, 그리고 수치심과 구역질이 밀려올 때마다 계속 새로운 노름판으로, 육욕과 술의 도취 속으로 도망친다. 이런 무의미한 악순환 속에서 그는 지치고 병들어간다.

그렇게 절망의 나락으로 떨어졌을 때 꿈속에서 경고장이 날아든다. "새"로 상징되는 참나가 죽은 것이다. 깊은 슬픔이 밀려온다. 삶을 무의미하게 흘려보낸 것 같은 느낌이 든다. 이런 삶이 의미가 있을까? 이게 정녕 그가 원한 삶일까? 허탈감이 든다. 이런 삶은 계속 유지할 필요가 없을 듯하다. 이제 그는 세속의 삶을 정리하고 도시를 떠난다. 스스로 목숨을 끊어 고통과 번뇌에서 벗어날 생각이다. 그런데 강가에서 물속으로 뛰어들려는 찰나, 마음속에서 불현듯 완성을 뜻하는 "옴"이라는 말이 솟구친다. 내 속의 내가 나를 부르는 소리다. 이 성스러운 말이 들리는 순간 잠들어 있던 정신이 깨어나면서 지금 하려는 행동의 어리석음을 깨닫는다. 육신의 소멸로 마음의 평화를 얻으려는 치기 어린 행동에 대한 꾸짖음이다. 죽었다고 생각한 "새"는 여전히 살아 있었다. 색욕과 부귀영화에 빠져 있을 때도 마음속에는 늘 참나에 대한 그리움이 숨 쉬고 있었다. 그 그리움이 절망의 순간에 다시 깨어났다.

싯다르타는 이 모든 것이 결국 자신이었음을 깨닫는다. 바라문의 길을 떠나 사문에 몸담은 것도, 사문을 떠나 붓다를 만난 것도, 다시 붓다를 버리고 인간 세상으로 들어가 욕망의 끝까지 치달은 것도, 그리고 절망의 구렁텅이에서 내면의 목소리를 들은 것도 모두 자신이고, 자신의 길이었다. 그전에는 세속의 욕망을 머릿속으로만 알고 경멸했다면, 이제는 모두 겪어보면서 그 덧없음을 깨달았다. 직접적인 체험은 중요하다. 밥도 먹어봐야 그 맛을 아는 법이다. 삶에서 알아야 하는 것들은 모두 겪어보는 것이 좋다. 그래야 진창 속에서 연꽃이 피어나듯 절망의 순간에 깨달음이 찾아온다.

세속의 마지막 연을 끊고 마음의 평화를 얻다

이제 싯다르타는 마치 다시 태어난 사람처럼 뱃사공 바수데바와 함께 지내며 강에서 배운다. 끊임없이 흘러가는 강에는 시간이 존재하지 않는다. 강물은 어귀든 산이든 계곡이든 나루터든 어디에나 동시에 존재한다. 강에는 현재만 있을 뿐 과거나 미래는 없다. 일체의 번뇌는 시간에서 오지 않던가? 과거에 대한 후회와 미래에 대한 걱정이 현재의 삶을 망가뜨리지 않던가? 과거와 미래를 나누는 것은 인간의 관념이다. 소년 싯다르타든, 장년 싯다르타든, 노년 싯다르타든 추상적으로만 분리될 뿐 실제로는 한줄기 강물처럼 하나로 연결되어 있다. 강물은 그 무엇도 내치거나 탓하지 않고, 모든 것을 품으며 흘러갈 뿐이다.

강을 보면서 얻은 마음의 안식도 아들이 오면서 깨진다. 끊으려야 끊을 수 없는 세속적 인연의 마지막 끈이다. 이 인연 앞에서는 싯다르타도 다시 허둥댄다. 응석받이 아들을 곁에 두고 사랑으로 보살피려 하지만, 아들은 침울해하면서 자신이 살던 도시로 돌아가려 한다. 그러나 도시의 삶이 어떤지 너무나 잘 아는 싯다르타는 아들에게 자신이 겪은 고통을 똑같이 안겨주고 싶지 않다. 갈등은 불가피하다. 자식 문제에서만큼은 한없이 약하고 어리석은 게 부모다. 인간으로서 마지막으로 뛰어넘어야 할 집착의 벽이다. 싯다르타도 이것이 집착임을 알지만, 그보다 질긴 것이 부모 자식의 연이다. 살아오면서 무언가에 이렇게 무작정 마음을 빼앗긴 적이 있었던가? 이렇게 고통스러우면서도 이렇게 아무런 보답 없이 행복하게 사랑한 적이 있던가? 아들이 온 뒤로 싯다르타는 한 인간 때문에 괴로워하고, 한 인간에 대한 사랑으로 허우적거린다. 그도 이 사랑이 욕망의 일종이고 미망의 원천임을 안다. 하지만 이 또한 자신의 본성에서 나온 자신의 것이다. 그렇다면 이 사랑과 그로 인한 고통도 끝까지 맛보아야 한다.

싯다르타는 도망친 아들을 찾기 위해 도시로 달려가고, 그 과정에서 강을 들여다보며 자신이 예전에 떠났던 아버지를 떠올린다. 아버지도 자신이 떠날 때 이런 고통을 겪었을 거라고 생각하니 지금의 고통이 새롭게 이해된다. 모든 것은 반복되고, 이건 자신이 막을 수 있는 일이 아니다. 아들에게도 자기 길이 있다. 아버지라고 하더라도 아들의 인생을 책임져줄 수는 없고 책임져서도 안 된다. 그건 집착이고 욕심이다. 그렇다면 아들이 자기 길을 가도록 내버려두어야 하고, 그로 인한 상처는 묵묵히 받아들여야 한다.

이런 깨달음과 함께 싯다르타는 차츰 완성에 가까워진다. 이제는 자신과 같은 고통을 겪는 세상 사람들이 형제처럼 느껴지고, 그들의 허영기와 탐욕, 어리석음이 경멸의 대상이 아닌 사랑스럽고 경탄할 일로 여겨진다. 자식에 대한 부모의 맹목적인 사랑, 허영심 많은 여자의 욕망, 온갖 충동과 탐욕, 어리석음이 더 이상 유치하게 비치지 않는다. "사람들은 바로 그런 것들을 위해 살았고, 그런 것들 때문에 엄청난 성취를 거두었고… 무한한 고통을 겪고 견뎌냈으며, 그런 것들 때문에 사랑할 수 있었다. 싯다르타는 그런 각자의 열정과 행위 속에서 생명을 보았고, 생명의 힘과 불멸의 것, 브라흐만을 보았다. 세속의 사람들은 그런 맹목적인 신의와 맹목적인 힘, 강인함이 있었기에 사랑스럽고 경탄할 만한 가치가 있었다."

이제 싯다르타의 눈에 세상이 완전히 다르게 보인다. 바라문과 사문 시절의 오만함은 온데간데없다. 대신 모든 것이 하나로 연결되어 있음을 깨닫는다. 삼라만상의 통일성 아래서 세상을 바라보니 사물이 있는 그대로 보인다. 예전에는 세상 사람들보다 자신이 우월하다는 오만함과 온갖 세속적인 것을 하찮게 여긴 편견 때문에 세상을 있는 그대로 보지 못했다. 그걸 버리고 나니 온 세상이 아름답고 사랑스럽게 비친다. 세상이 바뀐 것이 아니라 내가 바뀌었다. 산山은 예전과 똑같은 산이지만, 내가 어떻게 보느냐에 따라 산의 모습은 완전히 달라진다. "산은 산이고 물은 물이다." 산은 항상 있는 그대로의 산이었으나, 온갖 인식의 굴레로 산을 산으로 보지 못하다가 마침내 그 굴레를 벗자 다시 산이 산으로 보인 것이다.

인간의 길

불교의 궁극적인 목표는 마음의 평화이자, 어떤 환경에서도 흔들리지 않는 평상심이다. 고타마가 산중에서 마음속 밑바닥까지 들여다보며 평화를 얻었다면, 싯다르타는 세상 속으로 들어가 욕망의 밑바닥까지 맛보고 절망한 뒤에야 평화를 얻었다. 그는 자기 속의 바라문과 사문이 죽을 때까지 "쾌락과 권세, 여인과 돈에 빠졌고, 장사치와 노름꾼, 주정뱅이, 탐욕스러운 인간이 되어야 했다. 그 때문에 최후의 쓰라린 절망을 맛볼 때까지, 육욕에 사로잡히고 탐욕스러운 싯다르타가 죽을 때까지 그 흉측한 세월을 견디고, 역겨움과 공허, 황량하고 타락한 삶의 무상함을 견뎌야 했다. 이제 그자는 죽었고, 새로운 싯다르타가 잠에서 깨어났다."

고타마가 범인이 따라할 수 없는 방식으로 깨달음에 도달했다면 싯다르타는 인간이기에 겪을 수밖에 없는 인간의 방식으로 구도의 길을 걸었다. 그러나 방식만 다를 뿐 둘이 종국에 이른 지점은 똑같다. 마음의 평화다. 열반은 없다. 그저 말로만 존재할 뿐이다. 설령 그런 상태가 있다고 한들 말로는 표현되지 않는다. 현실에서 우리는 저마다 다른 개성을 가진 개체로서 각자의 방식으로 내면의 목소리에 귀를 기울이며, 욕망하고 좌절하고 절망하는 가운데 마음의 평화를 구할 수밖에 없다. 그게 인간의 길이고, 세상과 자신을 미워하지 않고 사랑할 수 있는 방법이다. 결국《싯다르타》는 헤세의 한결같은 메시지가 동양의 정신으로 되살아난 작품이다.

박종대

작가 연보

1877년

- 7월 2일, 독일 남부 뷔르템베르크의 소도시 칼브에서 아버지 요하네스와 어머니 마리 군데르트의 장남으로 태어남. 인도에서 선교사로 활동하다가 귀국한 아버지는 유명한 인도학자 헤르만 군데르트의 기독교 서적 출판 사업을 돕다가 그의 딸과 결혼함. 인도에서 태어난 어머니 마리는 선교사 찰스 아이젠버그와 결혼했다가 사별하고 32세에 요하네스와 재혼해서 헤르만 헤세 외에 아델레, 파울, 게르트루트, 마리, 한스를 낳음.

1881년

- 아버지가 '바젤 선교단' 교사로 일하게 되면서 가족과 함께 스위스로 이주함.

1883년

- 아버지가 스위스 국적을 취득함으로써 전 가족이 스위스 시민이 됨.

1886년

- 가족이 다시 고향 칼브로 돌아오고, 헤르만 헤세는 라틴어 학교 2학년에 편입함.

1890년

– 뷔르템베르크 주(州)시험을 준비하기 위해 괴핑겐 라틴어 학교로 옮기고, 시험 자격을 취득하기 위해 헤르만 헤세 혼자 스위스 국적을 포기함.

1891년

– 6월에 주시험에 합격하고, 그해 9월 케플러와 횔덜린 같은 인물을 배출한 유명한 마울브론 신학교에 장학생으로 입학함.

1892년

– 3월 7일, "시인이 아니면 아무것도 되지 않겠다"는 이유로 학교를 그만둠. 우울증 증세와 사춘기 방황으로 부모와 심각한 갈등을 겪음. 급기야 신학자 블룸하르트가 운영하는 바트 볼 요양원에서 자살 시도를 하고 슈테텐 정신병원에 3개월간 입원함. 바트 칸슈타트 김나지움(인문계 중등학교)에 입학함.

1893년

– 오직 하이네만 읽으며 그를 똑같이 흉내냄. 에슬링겐에서 서점 수습생으로 일하지만 사흘 만에 그만둠.

1894년

– 고향 도시 칼브의 페로트 시계 공장에서 수습공으로 일함.

1895년

– 1898년까지 튀빙겐의 헤켄하우어 서점에서 수습생으로 일함.

1898년

– 첫 시집《낭만적인 노래들Romantische Lieder》을 발표함. 습작 소설 '고슴도치'를 썼다고 알려져 있지만 원고가 분실됨.

1899년

– 산문집《자정 한 시간 뒤Eine Stunde hinter Mitternacht》를 출간함. 9월에 바젤로 이주함. 라이히 서점에서 1901년 1월까지 수습생으로 일함.

1900년

– 스위스 일간지《알게마이네 슈바이처 차이퉁Frankfurter Allgemeine Zeitung》에 기고문과 서평을 쓰기 시작함.

1901년

– 3~5월에 첫 번째 이탈리아 여행을 함. 가을에《헤르만 라우셔의 유작과 시Hinterlassene Schriften und Gedichte von Hermann Lauscher》를 출간함.

1902년

– 베를린 그로테 출판사에서 시집《시Gedichte》를 출간함. 출간 직전에 사망한 어머니에게 헌정함.

1903년

– 아홉 살 연상의 여인 마리아 베르누이와 두 번째 이탈리아 여행을 함. 서점 생활을 청산하고 집필에만 전념. 베를린 피셔 출판사의 청탁을 받고 소설 《페터 카멘친트Peter Camenzind》를 탈고함.

1904년

– 《페터 카멘친트》를 출간함. 처음으로 문학적 성공을 거두고 신진 작가로 인정받음. 마리아 베르누이와 결혼해서 보덴제 호숫가의 작은 마을 가이엔호펜으로 이주함. 전업 작가로 생활하며 여러 신문과 잡지에 기고함. 전기 《보카치오Boccaccio》, 《아시시의 프란체스코Franz von Assissi》를 출간함.

1905년

– 12월에 첫 아들 브루노가 태어남. 오스트리아의 바우어른펠트 문학상을 받음.

1906년

– 소설 《수레바퀴 아래서Unterm Rad》를 출간함. 독일 황제 빌헬름 2세의 권위에 노골적으로 저항하는 진보 잡지 《3월März》의 공동 발행인으로 참가함.

1907년

– 가이엔호펜에 자신의 집을 지음. 중단편집 《이 세상Diesseits》을 출간함.

1908년

– 단편집 《이웃 사람들Nachbarn》을 출간함.

1909년

– 3월에 둘째 아들 하이너가 태어남. 취리히, 독일, 오스트리아로 강연을 다님.

1910년

– 뮌헨의 랑겐 출판사에서 소설 《게르트루트Gertrud》를 출간함.

1911년

– 7월에 셋째 아들 마르틴이 태어남. 시집 《길 위에서Unterwegs》를 출간함. 9~12월까지 화가 한스 슈투르체네거와 함께 아버지와 할아버지가 선교 활동을 했던 인도와 싱가포르, 실론, 수마트라를 여행함. 기대했던 영적 종교적 영감은 얻지 못했지만, 이후 그의 창작에 영향을 미침.

1912년

– 단편집 《우회로Umwege》를 출간함. 가족과 함께 스위스 베른으로 이주해 작고한 화가 친구 알베르트 벨티의 별장에 거주함. 로맹 롤랑과 교유함.

1913년

– 여행기 《인도에서. 인도 여행의 기록Aus Indien. Aufzeichnungen von

einer indischen Reise》을 출간함.

1914년

– 소설《로스할데Roshalde》를 출간함. 제1차 세계대전 발발과 함께 자원 입대하려 했으나 고도근시로 복무 부적격 판정을 받음.

1915년

– 입대가 좌절되자 베른의 '독일 전쟁 포로 후생 사업소'에서 일함. 여기서 일한 경험을 토대로 애국주의에 물든 전쟁 문학에 공개적으로 반대하는 목소리를 냈고, 그로써 우익 언론사들로부터 조국의 반역자로 낙인찍힘. 이때부터 스위스 국적을 신청하기로 서서히 마음먹음. 단편집《길가에서Am Weg》, 소설《크눌프. 크눌프 삶의 이야기 세 편Knulp. Drei Geschichten aus dem Leben Knulps》, 시집《고독한 자의 음악Musik des Einsamen》을 출간함.

1916년

– 아버지의 죽음, 아들 마르틴의 중병, 아내의 정신분열증 발발, 그리고 무엇보다 전쟁과 관련한 많은 예술가와 지식인의 정치적 태도에 대한 환멸로 깊은 정신적 위기에 빠짐. 이후 카를 구스타프 융의 제자인 요제프 베른하르트 랑 박사에게서 정신분석 치료를 받음. 이 경험이 소설《데미안Demian》(1919)으로 녹아들어 감. 회화 작품들이 탄생하기 시작함. 단편집《청춘은 아름다워라 Schön ist die Jugend》를 출간함.

1917년

– 시대 비판적인 출판 활동을 중단하라는 권고와 함께 에밀 싱클레어라는 가명으로 신문과 잡지에 기고함.《데미안》을 집필함.

1919년

– 정치 팸플릿《차라투스트라의 귀환. 어느 독일인이 독일 젊은이들에게 보내는 한마디Zarathustras Wiederkehr. Ein Wort an die deutsche Jugend von einem Deutschen》를 익명으로 출간했다가 이듬해 베를린에서 실명으로 재출간. 정신병원에 수용된 아내와 별거하고 자녀들을 친구들에게 맡김. 5월에 혼자 스위스 테신주 몬타뇰라로 이사해 1931년까지 거주함. 에밀 싱클레어라는 가명으로 출간한《데미안》이 폰타네상 수상 작품으로 결정되자 자신의 본명을 밝히고 수상을 거절함(폰타네상은 신인에게 수여하는 문학상이다). 체험담과 시를 묶은《작은 정원Kleiner Garten》,《동화Märchen》를 출간함. 수많은 출판물과 독자 편지에 대한 답장에서 알 수 있듯이, 독일을 정신적으로 쇄신해서 또 다른 전쟁을 막을 희망을 독일 젊은이들에게 걺. 본격적으로 수채화를 그리기 시작함.

1920년

– 시화집《화가의 시Gedichte des Malers》, 도스토옙스키에 대한 에세이《혼돈을 들여다보다Blick ins Chaos》, 표현주의 단편집《클링조어의 마지막 여름Klingeors letzter Sommer》, 수채화를 곁들인 소설《방랑Wanderung》을 출간함. 다다이즘의 선구자 후고 발과 교유함.

1921년

– 《시선집Ausgewählte Gedichte》을 출간함. 창작 위기를 겪음. 취리히 근처 퀴스나흐트에서 융에게 정신분석 치료를 받음. 화집《테신에서 그린 수채화 11점Elf Aquarelle aus dem Tessin》을 출간함.

1922년

– 인도의 시문학이라는 부제가 붙은《싯다르타Siddhartha》를 출간함.

1923년

– 산문집《싱클레어의 노트Sinclairs Notizbuch》를 출간함. 4년 전부터 별거 중이던 아내 베르누이와 이혼. 취리히 근처 바덴에서 요양함. 1952년까지 매년 늦가을 이곳에서 요양함.

1924년

– 스위스 국적을 재취득함. 스위스 여성 작가 리자 뱅거의 딸인 스무 살 연하의 루트 뱅거와 재혼함.

1925년

– 소설《요양객Kurgast》을 출간함. 루트 뱅거에게 바치는 사랑의 동화《픽토르의 변신Piktors Verwandlungen》을 발표함. 뮌헨, 울름, 아우구스부르크, 뉘른베르크 등지로 낭독 여행을 떠남. 이해부터 베를린 피셔 출판사에서 '헤세 전집'을 출간함. 뮌헨에서 토마스 만을 방문함.

1926년

– 독일 프로이센 예술원 문학 분과 국제위원에 선출됨. 기행문집 《그림책Bilderbuch》을 출간함. 예술사가 니논 돌빈과 사귐.

1927년

– 산문집 《뉘른베르크 여행Nürnberer Reise》과 히피들의 성서인 《황야의 이리Steppenwolf》를 출간함. 후고 발 출판사에서 헤세의 50회 생일을 맞아 자서전 《헤르만 헤세. 생애와 작품Hermann Hesse. Sein Leben und sein Werk》을 출간함. 두 번째 부인 루트 뱅거의 요청으로 합의 이혼함.

1928년

– 산문집 《관찰Betrachtungen》과 시집 《위기. 한 편의 일기Krise. Ein Stück Tagebuch》를 출간함. 빈의 실러 재단에서 메이스트리크상을 받음.

1929년

– 시집 《밤의 위안Trost in der Nacht》과 산문집 《세계 문학 총서Eine Bibliothek der Weltliteratur》를 출간함.

1930년

– 소설 《나르치스와 골드문트Narziß und Goldmund》를 출간함.

1931년

– 니논 돌빈과 세 번째 결혼. 화가 한스 보드머가 지어준 몬타뇰라의 카사 로사(일명 카사 헤세)로 이사해서 평생 여기서 거주함. 정치적 이유로 독일 프로이센 예술원을 탈퇴함. 여러 책을 한데 묶은《내면으로 길Weg nach innen》을 출간함. 소설《유리알 유희 Glasperlenspiel》집필을 시작함.

1932년

– 산문집《동방 순례Die Morgenlandfahrt》를 출간함.

1933년

– 단편집《작은 세계Kleine Welt》를 출간함. 나치의 등장 이후 어떤 정치적 성명서에도 서명한 적이 없음에도 수많은 편지와 문학 비평에서 나치 체제에 대한 거부감을 분명히 밝힘. 그의 집은 1933~1945년까지 독일을 탈출한 수많은 예술가들의 첫 번째 기착지가 됨.

1934년

– 나치의 문화 정책에 효과적으로 대응하기 위해 스위스 작가협회에 가입함. 시선집《생명의 나무Vom Baum des Lebens》를 출간함.

1935년

–《우화집Fabulierbuch》을 출간함. 동생 한스가 자살함.

1936년

- 스위스에서 가장 권위 있는 '고트프리트 켈러 문학상'을 받음. 전원 시집《정원에서 보낸 시간Stunden im Garten》을 출간함.

1937년

- 산문집《기억의 낱장들Gedenkblätter》과《신시집Neue Gedichte》, 그리고 어린 시절의 기억을 담은《다리 저는 소년Der lahme Knabe》을 출간함.

1939년

- 제2차 세계대전 발발과 함께 헤르만 헤세의 작품은 금서로 지정되어《수레바퀴 아래서》,《황야의 이리》,《관찰》,《나르치스와 골드문트》 등이 더 이상 인쇄되지 못함. 1933~1945년까지 헤르만 헤세의 책은 독일에서 총 20권이 출간되었지만 481권밖에 팔리지 않음. 결국 주어캄프 출판사와 합의하에 취리히의 프레츠 & 바스무트 출판사에서 '헤세 전집'을 계속 간행하기로 함.

1942년

- 최초의 시 전집《시Gedichte》가 취리히에서 출간됨.

1943년

- 취리히에서 장편소설《유리알 유희》를 출간함.

1944년

– 헤르만 헤세 작품의 독일 출판업자인 페터 주어캄프가 독일 게슈타포에 체포됨.

1945년

– 시선집《꽃가지Der Blüttenzweig》, 미완성 소설《베르톨트Berthold》, 단편과 동화 모음집《꿈길Traumfährte》을 출간함. 2차 대전 종료 후에는 규칙적으로 실스 마리아에서 여름을 보냄.

1946년

– 정치 평론집《전쟁과 평화. 1914년 이후의 전쟁과 정치에 대한 고찰Krieg und Frieden. Betrachtungen zu Krieg und Politik seit dem Jahr 1914》을 출간함. 헤르만 헤세의 작품이 독일 주어캄프 출판사에서 다시 간행됨. 괴테상과 노벨문학상을 잇달아 받음.

1947년

– 베른 대학에서 명예 문학박사 학위를 받음. 고향 칼브의 명예시민이 됨.

1950년

– 브라운슈바이크 시에서 수여하는 빌헬름 라베상을 받음.

1951년

–《후기 산문Späte Prosa》과《서간집Briefe》을 출간함.

1952년

– 독일과 스위스에서 헤르만 헤세 탄생 75주년 기념행사가 열림. 주어캄프 출판사에서 '헤세 문학 전집' 전 6권을 간행함.

1954년

– 《픽토르의 변신》을 재출간함. 《헤르만 헤세와 로맹 롤랑의 서한집Briefwechsel. Hermann Hesse - Romain Rolland》을 출간함.

1955년

– 독일 출판협회의 평화상을 수상함. 니논에게 헌정한 후기 산문집 《마법의 주문Beschwörungen》을 출간함.

1956년

– 바덴뷔르템베르크의 독일 예술 후원회가 '헤르만 헤세 문학상' 제정을 위한 재단을 설립함.

1957년

– 헤르만 헤세의 80회 생일을 맞아 기존 전집을 증보해서 '헤세 전집' 총 7권을 출간함.

1961년

– 시선집 《단계Stufen》를 출간함.

1962년

– 몬타뇰라의 명예시민이 됨. 바이블러가 쓴 전기《헤르만 헤세.
한 편의 전기Hermann Hesse. Eine Bibliographie》가 출간됨. 8월 9일
85세를 일기로 몬타뇰라에서 뇌출혈로 사망함.

1963년

–《말년의 시Die späten Gedichte》가 출간됨.

1964년

– 바이마르 실러 박물관에 '헤르만 헤세 아카이브'가 설치됨.

1965년

– 니논 헤세가《산문 유고집Prosa aus dem Nachlaß》을 출간함.

1966년

– 니논 헤세가 1877~1895년까지 헤세의 생애를 담은《1900년 이
전의 유년기와 청소년기Kindheit und Jugend von Neunzehnhundert》
를 펴냄. 9월 헤세의 부인 니논이 71세로 사망함.

싯다르타, 사랑과 치유와 공감의 기적을 꿈꾸다

　헤세의 싯다르타와 고타마 싯다르타는 매우 다르다. 우리가 흔히 '부처님'이라 부르는 고타마 싯다르타는 왕자로 태어나(비범한 출생) 파란만장한 간난신고를 겪고 영웅적 존재가 되었다면, 헤세의 싯다르타는 평범한 인간에서 출발하여 깨달음에 이르는 험난한 여정을 걸어간다. 헤세의 싯다르타는 독자들이 훨씬 더 깊은 친밀감을 느낄 수 있는 캐릭터이다. 고타마 싯다르타는 결혼한 적이 있고 아들이 태어난 사실을 아주 멀리서도 알았던 것과 달리, 헤세의 싯다르타는 결혼한 적이 없으며 연인 카말라가 아들을 낳은 것을 오랫동안 알지 못했다. 고타마 싯다르타는 모든 것을 다 아는 사람에 가까웠지만, 헤세의 싯다르타는 모든 것을 아는 것 같지만 정작 중요한 것은 아무것도 모르는 우리 평범한 사람들을 닮았다.

　그런데 나는 헤세의 싯다르타가 지닌 이 모름과 부족함, 연약함에 오히려 깊이 이끌린다. 아들을 '라후라', 즉 방해자라고 여겼던 고타마 싯다르타와 달리, 헤세의 싯다르타는 아들에 대한 사랑에 빠져 인생 전체가 흔들리는 경험을 한다. 내가 사랑하는 '헤세의 싯다르타'가 지닌 못 말리는 연약함이 바로 이것이다. 그 연약함이 오히려 매혹적인 순간이기도 하다. 헤세의 싯다르타는 연인 카말라를 통해 그토록 사랑을 배우고 싶어했으나, 카말라가 한없이 주고 또 준 사랑의 깊은 의미를 배우지 못했다. 그러나 그녀가 사고로 죽고 그 아들이 자신의 핏줄임을 깨닫게 되자 전에는 한 번도 경험해보지 못하는 불타는 사랑을 '자신의 아들'에게서 느끼게 된다.

헤세의 새로운《싯다르타》번역본을 읽으며 새삼 감탄하는 대목은 바수데바라는 경이로운 캐릭터다. 20대 시절 읽었을 때는 바수데바는 눈에 띄지도 않았다. 그저 강을 건너게 해주는 뱃사공에 지나지 않았다. 30대에《싯다르타》를 다시 읽으니 비로소 바수데바의 아름다움이 보이기 시작했다. 바수데바는 아무런 대가 없이 거의 거지꼴을 하고 있었던 젊은 싯다르타를 강 건너 저편의 도시로 데려다주었다. 그리고 그가 모든 것에 실패하고 자살할 위험에 빠져 있었을 때도 싯다르타를 구해주고, 의식주를 돌봐주고, 뱃사공이라는 생존의 기술까지 가르쳐준 사람 또한 바수데바였다. 이런 따스한 멘토야말로 싯다르타에게 필요한 스승이 아니었을까.

헤세의 인물들이 공통적으로 보이는 성격 중 하나가 '위대한 멘토에 대한 저항'인데, 싱클레어는 데미안의 위대함에 저항하여 한동안 그를 외면하고, 골드문트는 나르치스의 위대함에 맞서며 수도원을 떠나 예술가가 되라는 그의 가르침에 저항한다. 하지만 싱클레어도, 골드문트도 결국 각각의 멘토, 즉 데미안과 나르치스의 삶에 아름답게 동화된다. 헤세의 싯다르타도 처음에는 고타마 싯다르타에 저항하며 '그의 가르침은 나와 맞지 않다'고 느끼는데, 결국 그가 깨달은 사랑은 고타마 싯다르타의 궁극적인 자비慈悲와 일치한다. 헤세의 다른 소설에서 멘토가 되는 존재가 나르치스나 데미안처럼 엄청난 비중을 지닌 또 하나의 주인공이었던 것과 달리, 바수데바는 거의 엑스트라처럼 짧은 분량으로 등장하는데, 바로 그렇게 전혀 중요한 인물이 아닌 것처럼, 마치 잠시 스쳐 지나가는 행인1처럼 등장하는 바수데바의 '가르치지 않는 가르침(깨달음의 메시지를 직접 전달하지 않고 싯다르타가 가장 고통스러운 순간 스스로 깨닫게 만드는 것)'이야말로 이 작품의 백미다. 바수데바라는 아름다운 인물의 탄생은 인도여행을 통해 기존의 사유의 틀을 깨부순 헤세가 마침내 도달한 거장의 경지가 아닐까.

한편, 고빈다와 아들로 대표되는 중생에 대한 한없는 연민과 사랑을 깨닫는 것이야말로 오직 자기밖에 모르던 에고이스트였던 과거의 모습으로부터 결별하는 커다란 전환점이 된다. 고빈다의 한결같은 사랑도, 바수데바처럼 함부로 앞으로 나서지 않고 조용히 침묵하는 사랑도, 고향에서 아들 싯다르타를 기다리며 애태우고 있을 아버지의 사랑도 깨닫지 못했던 헤세의 싯다르타. 그는 마침내 '나를 사랑하지 않는 존재(친아들)'를 향한 멈출 수 없는 사랑을 통해 한꺼번에 깨닫는다. 사랑받지 못할지라도 오직 사랑을 베풀 수밖에 없는 그런 사랑이야말로 그가 온전한 깨달음의 경지에 오르는 결정적인 전환점이 되는 것이다.

헤세의 싯다르타가 아들에게 쉽게 사랑받았다면, 그저 아버지라는 이유만으로 너무도 자연스럽게 아들과 친해졌다면, 그는 이토록 커다란 고통(가장 사랑하는 존재인 아들에게 버려지는 아픔) 속에서 마침내 깨달음에 이르는 지난한 여정을 겪지 못했을 것이다. 아들에게 문전박대당하고, 가난하고 초라한 아버지이기에 버려지고, 꼴도 보기 싫다는 듯 아예 아버지의 얼굴 자체를 보지 않으려 하는 아들을 한없이 기다리고 또 기다리면서, 싯다르타는 마침내 궁극적인 사랑의 실체를 맛본다. 한없이 주고 또 주어도 멈출 수 없는 사랑. 절대로 되돌려받지 못해도 결코 멈출 수 없는 사랑. 그 사랑을 자신은 부모님, 고빈다, 카말라, 바수데바로부터 받았지만 단 한 번도 갚아본 적이 없었던 것이다. 그는 강물에 비친 자신의 늙고 지친 얼굴을 보며 그 얼굴이 바로 '아들을 기다리는 아버지의 얼굴' 임을 깨닫는다. 깨달음을 얻는답시고 제멋대로 집을 나가 수십 년 동안 편지 한 통 하지 않는 싯다르타를 한없이 기다리고 있을 아버지의 얼굴. 그것이 바로 아들에게 버림받고도 아들을 결코 잊지 못해 한없이 그리워하는 자신의 얼굴이었던 것이다.

나는 이 작품을 읽으며, 사랑의 본질은 결코 '많은 사랑을 받아서 행복한 것'이 아니라, 가장 비참한 상황 속에서도, 가장 사랑받을 가능성이 없는 상황 속에서도 끝내 사랑을 멈추지 않는 간절함임을 깨닫게 된다. 당신 안의 가장 열렬하고 간절한 사랑의 대상은 누구인가. 혹은 무엇인가. 당신을 가장 애타게 하는 바로 그 존재로부터 버려질지라도, 결코 멈출 수 없는 사랑, 가없는 사랑의 열정을 깨닫는 순간, 우리는 누구나 싯다르타의 눈부신 깨달음의 경지에 다다를 수 있을 것이다.

정여울(작가)

책세상 세계문학 011

싯다르타
Siddhartha

초판 1쇄 발행   2024년 11월 15일

지은이   헤르만 헤세
옮긴이   박종대

펴낸이   김준성
펴낸곳   책세상
등록   1975년 5월 21일 제2017-000926호
주소   서울시 마포구 동교로23길 27, 3층 (03992)
전화   02-704-1251
팩스   02-719-1258
이메일   editor@chaeksesang.com
광고 · 제휴 문의 creator@chaeksesang.com
홈페이지   chaeksesang.com
페이스북   /chaeksesang   트위터 @chaeksesang
인스타그램   @chaeksesang   네이버포스트 bkworldpub

ISBN 979-11-7131-144-6 04800
     979-11-5931-794-1 (세트)